主编 凌翔

当代作家精品·散文卷

# 爱着爱着，花就开了

施柿 著

天津出版传媒集团

天津人民出版社

图书在版编目 (CIP) 数据

爱着爱着，花就开了 / 施柿著 . -- 天津：天津人民出版社，2023.2
（当代作家精品 / 凌翔主编 . 散文卷）
ISBN 978-7-201-18967-3

Ⅰ.①爱… Ⅱ.①施… Ⅲ.①散文集—中国—当代 Ⅳ.① I267

中国版本图书馆 CIP 数据核字（2022）第 207300 号

## 爱着爱着，花就开了
AIZHE AIZHE, HUA JIU KAILE

| 出　　版 | 天津人民出版社 |
|---|---|
| 出版人 | 刘　庆 |
| 地　　址 | 天津市和平区西康路 35 号康岳大厦 |
| 邮政编码 | 300051 |
| 邮购电话 | （022）23332469 |
| 电子信箱 | reader@tjrmcbs.com |

| 责任编辑 | 岳　勇 |
|---|---|
| 封面设计 | 邓小林 |
| 主编邮箱 | jfjb-lx2007@163.com |

| 印　　刷 | 三河市金元印装有限公司 |
|---|---|
| 经　　销 | 新华书店 |
| 开　　本 | 710 毫米 ×1000 毫米　1/16 |
| 印　　张 | 15 |
| 字　　数 | 200 千字 |
| 版次印次 | 2023 年 2 月第 1 版　2023 年 2 月第 1 次印刷 |
| 定　　价 | 49.80 元 |

版权所有　侵权必究
图书如出现印装质量问题，请致电联系调换（022-23332469）

# 我们都曾是某个人的初恋（自序）

如果你给自己一次勇敢，生活将还你一份璀璨。

想起一次到兴化千垛去看油菜花，回来时我只写了一篇游记，记下那些花的美，游人的欢。可是我忘记了一项更重要的内容，没有认真记录下来，现在倒觉得深深地后悔了。

当时，我们一行四个女人在赶往景点的车上，一路说说笑笑。后来，除了开车的一位，其余三个便开始聊自己的爱情故事。

最后发现，每个人说的都是初恋。初恋里的甜蜜、浪漫与冒险经历。

现代诗人余秀华有句诗，不知你听说过没有？就是那句"穿过大半个中国去睡你"。很振人耳鼓，是吧？

但我们这几个70年代初的女人，早年的爱情是像三月的春草一样清纯的，因此，大家说起的只能是，"穿过大半个中国去瞧你"的故事。

本来油菜花开得就早，而千垛的油菜花则开得更早，而我们这四位看客，那又是更早去看油菜花的人。因此，到我写这篇文字时，已是大半年时间过去，她们所讲的故事，具体情节，我已模糊。唯有当时，她们绘声绘色，感动自己的演讲，还历历如在眼前，一直难忘。

那些令人动容的感情啊，被她们深深埋藏在心窖中的美好往昔，好不容易打开瓶封，让我闻到了陈年佳酿的丝丝缕缕的芳香，我却让它们再次湮没在现世的尘光里，想来，真是无限地惋惜。

依稀记得大略的影子。

蓉儿讲的是一个长发纤柔的女大学生，在夜雪中奔向她恋人所在的大城市的惊险又浪漫的奇遇。玮儿讲的则是短发灵俏的女大学生去见她的兵哥哥不遇，反邂逅了另一位男大学生的曲折故事。

她们两位千里去瞧的人，后来都成了"执子之手"的人，正一路向"与子偕老"呼啸而去。

在童话故事里，总是到"王子和公主从此过上了幸福的生活"便戛然而止，于是许多人都说，其实王子和公主的爱情死在了城堡里。

但是由我们这两位的初恋故事，我却感悟一点：在人生中，如果你多给自己一些勇敢，让自己一念之下，或踏上陌生之旅，或做一番从未做过的事，那等待你的，除了惊险，更多的是一份意外的惊喜与闪烁在人生路上的光华。

这次经历，还让我想到，原来每个女人心底都有动人的初恋记忆，我不知道男人是不是也这样。

这些故事，丰富且甜蜜了女人的心灵，成为女人精神世界里的一颗颗钻石。

记得曾看到过这么一句话，"我们都曾是某个人的初恋"，其实，我们或许都曾爱过他人，也被他人爱过。

当某个闲暇的时刻，这些曾经如梦如幻的记忆被唤醒，我们便又回到了青涩年纪，简单地爱着，纯粹地喜欢着。

如此，当下忙碌、焦虑的日子，便又焕发出宁静、温馨、幸福的光辉。

　　后来，我便用心去聆听这一个个藏在内心深处的声音。接下来的一个个故事，多来源于此。又因为多是在去看花的途中讲述的，所以沾着花的香气。

# 目 录

### 第一辑　写给在时光里闪耀的你

　　第一次的心动　002
　　记忆中的月光少年　005
　　永远的少年　008
　　为谁频回首　010
　　也曾青梅竹马　012
　　那时恋爱只会说，天上月亮真好看　015
　　谁还没有过去？我只在乎和你的未来　018
　　相似的人　022
　　一次邂逅，美丽一生　024
　　那一段纯情岁月的记忆碎片　027

### 第二辑　写给年少可爱的你

　　那个低头的男孩　038
　　相见不如怀念　041
　　模糊的关系　045
　　谁后来又喜欢了谁　050
　　他心已变　054
　　有媒人来　057
　　无奈的放弃　060
　　有缘无分　062

少年有点狂　065
愿共你，拥有纯美的回忆　067
办公室里的憨小子　072
我们的101次相亲　075

## 第三辑　写给幸福牵手的你

我听过的最实在的新娘感言　080
别害怕，爱情在来的路上　082
一半的脸色　093
那最幸福最美丽的时刻　096
世界上最美妙的声音　099
完美老公的n条标准　101

## 第四辑　写给带来不一样色彩的你

每一份遇见都有趣　134
我要和你好好的　136
执手的幸福无可比拟　138
他爱不爱她呢？　141
你待婚姻以蜜，婚姻报你以糖　143
楼上抛下的红杯子　148
婚姻的天空飘来点乌云，那可能是场误会　150
爱犬雪花　162
旧情人·小仙女　167
落跑新郎　170

肩上的地狱　173
秘密　178
余生，还要一起把风雨穿过　184

## 第五辑　写给岁月静好中的你

待到岁月晚，我们这样相爱　188
两口子不纠结　190
因为有你，我才得以体面地行走在人世间　192
最幸福的对话　195
轮椅后面的老人　197
像照顾孩子一样照顾另一半　199
爱似泉眼，情如细涓　201
过到老，我后悔年轻时和他争吵　205
掰开一只饼，续起一世情　210
两个老顽童工地探险记　212
眉下有爱情，低首是世界　215
七夕的情话　217
纵然时光渐老，愿你仍能怦然心动　220
婚姻的小船，不会说翻就翻　222
爱着爱着，花就开了　225

第一辑　写给在时光里闪耀的你

## 第一次的心动

如果让心去感动，哪怕小小的一次胡思乱想，也会让人觉得，人生原来可以这么安静，这么踏实，这么充满意思。

第一次，对一个人心生向往的时候，大概在四年级，或者更早。记忆已经模糊，准确时间已不清晰了。

那是一个颀长、清秀、文静的男生。与我同班，来自邻村。

当时，班上女生都坐在前面一两排，男生则坐在后面。他就在与我同一组的最后一排。

与他认识加深，缘于我们都爱看课外书。

我们互相借阅的第一本书，厚厚的，我到现在还清楚记得那书的名字。

于是课间，我常跑到他的学桌边，与他谈论书中的故事。他那时并不腼腆，印象中，我们相谈甚欢。

后来不知道什么原因，我不再与他同班，且似乎失了交集。

次年，学校里建起沼气池，可烧开水供应给学生饮用。夏日，同学们便聚集到开水间，印象中要排好久的队才喝到开水。我在那边曾遇到过他一次。也只是远远地看着，这时，我已觉得害羞，不敢与他说话了。

我不知道他对我是什么感觉，是否也曾萌生过朦胧的意识。

应该是到了初一的夏天吧，一天，他竟然出现在我的邻居家中。

他与我那邻居同班。

邻居是个孤儿。长得又瘦又黑，相当老实木讷的小个子男生。在我印象中，没什么人愿意和他做朋友。

而我暗恋的这位男生，却是位白雪少年，应该更不可能和他成为朋友！

但他就在我邻居家中，那低矮的草房子里，两个人坐在小板凳上聊着呢。

我恰好打邻居家门前经过，看到这一幕，竟鬼使神差，走了进去，与他们搭话。

可我只敢和邻居说话，眼睛都不怎么敢看他。而他这时似乎也变得害羞了，始终没和我说一句话。

初三毕业的那个暑假，我到镇上堂姐家玩。堂姐家在供销社家属院子里。堂姐家斜对面是食堂，我在那边的几天，堂姐经常到食堂买两个菜端回来。

据说，那食堂是他哥哥承包的，而他也在那里帮忙，打小工。

于是，每次我都跟着堂姐去端菜，一心巴望能够遇到他。

可是却不见他的影子。

有时，我就在院子里，朝那个方向望，希冀能够看见他走出来。

一天，我终于看到他了。

他蹲在食堂门前的空地上，好久。

我不敢走过去。只远远地看着他。他是否是因为知道我在这边，而故意出来的呢？因为在食堂等炒菜时，堂姐有时会与里面人闲聊，或者

003

他知道我在这边也说不定呢。

　　但他似乎没有正面朝向我这里，又低着个头，不知道在地面上画着什么，隔得远，也不知道他有否朝我这边看来过。

　　这是我最后一次见到他。

　　少小年纪，朦胧的记忆，如早春里一朵素净的小白花，虽然没有留下什么，却一直在心里开满了美好和希望。

## 记忆中的月光少年

### 1

"春日游,杏花吹满头。陌上谁家年少,足风流。妾拟将身嫁与,一生休。纵被无情弃,不能羞。"

想起他,李子菲不由想起韦庄的这首《思帝乡》。

关于他的记忆,时光倒回到初中三年级的时候。

那时候,李子菲对他一见倾心,顿然迷失在少年的如梦、如花、如幻的气息里。

没见过这么柔美的少年,没见过如此玉般清透的少年!

在农村,大多数男孩子都是淳朴、皮实,比较野的那类,而他,虽然也是地道的农家子弟,但仿佛脱了胎,换了骨。文质彬彬,温婉儒雅。李子菲想,他是清露一样的仙子化身凡间少年的吧。

爱慕之心,会化成脉脉的电波,传达出去。李子菲相信,他感受到了她对他的心思荡漾。

课堂上，数学老师提问，"刘塘柳，你来回答这道题"。

他站起来，尴尬地笑着。显然他答不出来。

他的座位在教室的最后一排，东南靠门那角落。坐在前面中间第一排的李子菲，借此频频回头看他。他美好的样子，如月下花林，不免令她陶醉。

可是他不经意间也望向李子菲的目光，似乎泄露了隐隐的秘密。那含着笑意，落在她脸上的目光，仿佛是上帝剧透小小心思的恶作剧。

贪看少年的，不止李子菲一人。那么多同学，捕捉到了他俩空中交织的目光，乍然猜疑的气息，在教室上空凝成了厚重的云团。

## 2

李子菲走在放学的路上。因她家离校较近，因此，她总是步行的，并总是漫不经心地、晃悠悠地走。忽听到身后的车铃声，她一回头，却与他似乎也饱含情意的眼眸相对。他的眼神，看着她，慢慢地，定定地，如同他慢慢地骑着自行车。那一刻，定格成一幅画。至今仍留在李子菲的脑海里。

悄悄地向同学打听，汇集几个他家附近的同学告诉她的信息，李子菲大概知道了他家的情形。

他有一个姐姐，芳龄十六。长得如花朵一般。但是右脚微跛。因此，身为大队队长的父亲，利用特权，安排她在村部中药房卖中药。

俨然一位药中小仙女，常引得附近不少青少年到药房逗留，只为呼吸她身边美丽芬芳的空气。

他还有一位比他小两岁的弟弟，也和他一样，是一位月光一般的小小少年。

这以后，星期日，李子菲便和一帮同学，经常借由挑羊草的名义，到他姐姐的药房那边玩，跳房子、踢毽子、抓"母儿"。如那一群青少年为了看他姐姐一样，她只为了靠近他，感受有他的空气。

青春的记忆总是很淡，那个容易害羞的年代，没有多少交集的故事。但每一个看似寻常的画面，却历经岁月，更恒久常新地留印在她记忆的最深处。

## 3

初三转眼就过去，李子菲考上了高中。

那个年代，像他们那样的学校，能考上高中的凤毛麟角，每年也就一二人。

他后来去了何处，李子菲不得而知，时至今日，仍是无一丝音信。

上高中的路，经过他家附近。有一次，她遇见他与他弟弟，两人各骑一辆自行车，在她的前面，她很想追上去，与他打招呼，终究没这勇气。

她在后面，跟了很长一段路，直到他兄弟俩拐弯，背影消失在另一条路上……

如月少年，是李子菲青春记忆里最美的一道风景。这道风景，伴着她一路的步伐不断向前延展，她因之也倍觉人生真是美妙无限。

## 永远的少年

虽然交集的记忆极少，但他的样子，却深深地刻印在脑屏上。纯真的面庞，饱满的额头，清澈的大眼睛，文静的神情……

我们的相逢是从初中一年级开始的。那时不少家庭的孩子，小学毕业后父母便不再让其继续读书，因此，年级越高，学生会越少。这样，几个村就只有一所中学，学生都会合并到这个学校就读。

他的父母是定量户口，安排在邻村小店掌柜，因此，他算是城里人，升入初中时，便和我到了一个班。

作为农村的小丫头，对城里的孩子自然是天生羡慕的。羡慕他们的干净，不用到田野里劳动，生活也比我们农村的孩子富裕些。

加上城里人不晒太阳，皮肤比较白，因此，在我们眼里，他们都"长得很好看"。

就因为这些原因，一见到他们，好感油然而生，并会发现，对他们的好感是越来越强烈的。

还因为城里人、乡下人的距离，觉得他们有种神秘感！

我就是这样子，喜欢着他的。

他呢，又像一溪清澈的流水，仿佛总是脉脉地跟随你，你到哪里，他便流到哪里似的。

我家靠近学校，有时，下课期间，我可以在家与校之间跑个来回，只为回家拿个突然想要的东西。

一次，我回家时，邀请他也到我家去。他竟然非常的欢喜。

因为他们作为安排在农村的城里人，与村里人其实交往不算多，有些像夜空上的孤星，与农村人互相远距离地相望着。因此，我的热情或许也让他倍感亲切与可信任。

记得那是一个阳光灿烂的日子，他就默默地跟着我往我家走。到了我家后，我把家中新收的山芋，挑一只大个儿的给了他。

他高兴极了。那时物资匮乏，而他又是城里人，对于农家山芋，是颇感稀罕并为得到而意外欢喜的。

大概也就同学一年，他父亲又被安排到其他村的代销店去了，他也就随着转到那里的学校。现在想想，他们那样的孩子，也是可怜，虽然条件较好，但也是辗转无固定的安身场所。

现在他在哪里呢？

他的记忆中，有与我相识的这一段吗？

在我，却是难忘的。

并且他永远留存在我的记忆中，永远不会老去。

因为他，我知道了，除了农村人，还有城里人。因为他，我知道了，城里的少年那样美好。

他为我少小的生活，打开了一扇看到不同世界的门。在我心里种下了，长大后也要成为城里人的小小种子。

感谢我的生命中，相遇了这样一位纯美的少年。

## 为谁频回首

高一，我坐教室中间组第二排，有个男生，在右边组，往后再去第四排，靠窗而坐！

不知他是城里人，还是农村人，因为从来没有和他说过话。

近距离看一眼的机会都未曾有过。

但他长相极白皙，极清秀，极文静。不语，却如满天月辉，牢牢地吸引了我的眼睛。

听说，他舅舅是学校的教导主任。这是我关于他的唯一的除外表之外的信息。

他应该对我没有任何印象，因为我每每偷偷地看他的时候，却很少见他与我目光有对接。而他所能看到的永远只是我的背影，又怎知我是谁，更怎知我对他心生爱慕呢。

又当时，他的舅舅的关系，他应该是很有优越感的，一般等闲人物也入不了他的眼里。

青春的悸动，很微妙的感觉，让我欢喜，让人幸福。有时与对方是否感知，有否反应，以及对方是否也一样能关注自己，甚至都无关系。

那完全是一个人的世界里，百花盛开的秘密与快乐，有时，单恋也那么美。

也或许，他就是进入我视线的一道风景，我喜欢着，欣赏着，自个儿乐着，与外界没有任何关系吧。

如果说我与他有什么交集，那就是，感谢他把这道风景投入到我的心屏上，成为我内心的一处四季常缤纷的角落。

为此，我常常偷偷地回头看他，贪婪地欣赏着他的"秀色"，让他的样子，一遍又一遍地印上我的眼帘。

我与他同学只一年，高二时，我便转到另一所学校。而关于他的样子，也已经成为我身心的一部分，随着我到了新的学校，并且一直跟随着我以后的日子。

因为有了他，便觉得生命中多了一抹生动的亮色，想起来，一股幸福之流便会涌过全身，内心便要悄悄地偷笑了。

若干年后，在我的孩子已经十几岁的时候，我再度听到这个人的消息，知道了他所在的工作单位。并且我还去过他的单位。我向人提及是他的同学，以听取更多关于他的信息，但我没有去找他。

有次七八位同学小聚，听说他要来，我很高兴。但当我到了聚会地点时，却听说他临时有事不能来，顿觉很失落。然后，我极力怂恿其他同学叫他过来。

我想与他相逢，以同学的身份。但我不想让他知道，我曾经暗暗地喜欢过他，并且现在仍然喜欢着他。

他不知道的事，就让他永远不知道吧。

这从一开始就是我一个人的事、一个人的幸福王国，现在仍然是，我相信，将来也还一直是。

这种感觉就是很奇妙！

## 也曾青梅竹马

认识他早了，得从娃娃时说起！

我们两家是亲戚。他爸爸是镇医院医生，这么说来，他家是我们农村亲戚中的城里人。

当然，他妈妈是农民，他们家仍属农村人。但他，长得根本不像农村人，倒是十足的城里少年。

又因他被他叔叔认作养子，而他叔叔则在县政府当领导。他的身份因此也更娇贵了，看那清秀白净样，应该从未被农村的太阳晒过吧。

他爸爸三十岁生日时，五岁的我，跟我爸爸一起去他家。记得，那时我坐在自行车前杠上，爸爸脖子上挂着贺寿的礼物——玻璃匾。同行的还有一个村里的亲戚。

那也是我第一次见到他。与我同龄的他，还是个小不点儿，长一张圆圆的脸，安安静静的，都没和我说一句话。

但我对他却印象深刻，且自此不忘，常常念想。

再见他，已经到了初中时。

那时，伯伯家有事，他来走亲戚。这个时候的他，已经长成一位惹人注目的少年了。伯伯家有两位与我年龄相仿的姐妹，似乎也很喜欢他，前后围着他转，我一旁默默地看着，心中有微微的妒意。

他奶奶在家很有权威，又常常来我们这边走亲戚。且会住上几天。几家亲戚对她都很热情及尊重。为了他，我便竭力讨好她。到其他亲戚家，去请她住到我家来，并努力表现出种种聪明伶俐样儿来。

他奶奶又是何等样精明的人，我这小女孩的心思她还不一眼看穿！于是，有时，我便见她有意与我妈妈谈及，等将来长大了，让我们两个做一对儿。当时，听了，心底满是欢喜。

最幸福的时候，是初二暑假，为了让我的哥哥给他补课，他一个暑假都住在我家。而这一个暑假，我不记得我哥给他补课，倒是觉得整个暑假，他似乎成了我的"小老师"，我的每一道作业题都要他教才做得出来。

其实，都是我为了故意靠近他！小小的伎俩，让我心里很得意。那个暑假，现在想来，心里还觉得幸福得要溢出来。

只是人渐渐大了，接触的社会面越来越广，注意力逐渐转移到其他人和事情上去了。那个暑假后的一段时间，他倒是渐渐从我的记忆中淡了去。

命运让我们再次相遇，是在高考补习班时。

同在异乡学习的亲戚，自然相互会更多一些照顾。这个时候，我发现他是一个很细致周到的人，给大大咧咧的我以很多的照顾及关心。

那时我们同来同往，他会帮我把复习用品、生活用品都准备齐全带着，我平时有个头疼脑热的也是他帮我准备好药物等。

那时，他对我或许是有心的，但我反倒变成一个情感迟钝者。也或许是高考的压力，及考不上的沮丧心情，让我没心思想到儿女情长吧。

后来，他先我一年考中，在他上大学而我仍继续复读的一年中，他给我写了不少的信，也屡屡抱怨我不给他回信。

而当我考上后的第一个寒假，又恰逢他家办喜事。我便满怀信心地代表家人去出人情，心想，或许会给他一个大大的惊喜。

但是我没给他带去大大的惊喜，相反，他却给了我一个大大的意外，他把女朋友带回来了！

我这才想起，半年来，他其实对我的热情早已冷却，而我竟然没有意识到。

我俩的相遇，缘于他家办喜事；我俩的分开，也缘于他家办喜事。这一点，倒是带点传奇，仿佛画了一个圆。

只是这个圆，不是圆满的圆！

## 那时恋爱只会说，天上月亮真好看

年少时，不经意间，你走进我的视线，那样清秀，那样灵动；你喜欢画画，喜欢写诗，喜欢下围棋……多少女孩子在恋慕你，我也是其中的一个。

你的宿舍就在我们教室的旁边，我就在教室的最后一排，靠门那里，所以经常看到你从门前经过。记得有一个夏天的晚上，我从宿舍去教室里拿东西，你们几个男生当时躺在外面纳凉，我突然走过，你们一阵惊慌，朦胧的夜色里，也有一个你……

我偶尔在本子上写些东西，大概是少年时期都会有这么一段经历吧，每个多情的少男少女都做过诗意的文学梦。记得一次，我写了一首诗：我有胸中万般愁，化作热力勤读书。后面两句记不得了，就放在书桌的抽屉里。有一天中午，突然发现，后两句被人改动了：何愁此生不得志，当教人惊女儿姝！看到后，心里一阵激动一阵欢喜，因为知道那是你改的。

暗暗地喜欢着你，却不知道如何接近你。经常留心地听别人谈论你，试图把话题引向你，默默地关注着你。

通过同舍你班的一个女生，我借来了你写的诗本，一遍又一遍地读，虽然此前我并不是特别的喜欢诗，更很少写诗。

于是也有了理由接近你：去还诗本！于是我们站在大概是你教室的门前吧，一个下午，应该是放学了吧，或者放假了吧，要不怎么当时好像没有其他同学，周围静悄悄的呢！

具体谈什么我记不清了，只记得当时你好像问，为什么不找李祥。那是现在想来相当俊秀的一个男生，当时也觉得他比你好看，比你有人气，因为他也会写诗。

也记不清当时具体回答你什么了，只是回答得很拙劣吧。

见到你，平时伶牙俐齿的我，怎么就不会说话了呢？这种情况还有一次。现在想来，那时真是，用现在的话讲，咋显得有点弱智呢。

后来，你又把那诗本借给我，还有你写的一篇小说，记得那个小说里，有个班主任方老师，有个扎着马尾巴的方老师的妹妹，有个翩翩少年，还有鱼肥籽满的夏日荷塘……

在高二的那个暑假里，你的小说和你的信伴我度过了一个浪漫的假期。我记不得太多具体内容，那时应该是快乐的，充满热情和好奇的，你信中引用了一句诗：同是天涯沦落人，相逢何必曾相识。应该是表示相识的高兴吧。

但开学后，这种浪漫很快消失，因为发现你转学了，转到了你家乡的那所中学。

再过不久，消失的不只是浪漫，还有一份美丽的爱情，从此一份埋在心里一辈子的痛。

那大概是一个冬日抑或早春的中午吧，你的好朋友梅遥冬来跟我要你的诗本。我当时很尴尬，讪讪地给他了。起初我不知道什么原因，后来知道，当时我过二十岁生日，班上同学都知道，这事儿也传到了你耳中，我比你大三岁。

那时或许感觉还不是太深吧，我都不知道过了多长时间，我们已经高三快要毕业了。一天上晚自习时，突然班上不知哪个同学，告诉我外面有人找我。我出去，在夜色里，是你！多么的意外和惊喜。

我们走出了校园，走在校园前的那条大路上。路两边是密匝匝的芦竹，形成了黑郁郁的屏障，显得格外静谧。天上一轮皎月高悬，泼洒下满地的柔柔的清辉。

你说你后悔了，你说今晚的月亮很好。我再一次地口笨舌拙，说了自己都觉得幼稚词不达意的话。然后，我们默默地走着，再不知道该说什么话。后来，我怎么回来的，你怎么走的，都不再记得了。

然后我忙碌在毕业的拍照、同学之间互赠礼物、写留言、高考预考、放假中，一时，倒好似不再记得你。

我也寄给你照片了，或许是在高三毕业后的那个暑假里。假期里，我们通过信的吧，不多，也许就一封。记得那信中，你说：你只是一个十七岁的孩子。

此后，你再无音信。

我却从此不能忘怀你，你在我心里生了根，一天天的生长……思念不间断，无法放下来。我不停地写你的名字，写在日记里，写在书缝里……装作不在意的，跟别人打听你的情况，你昔日的同学，来自你家乡的人。君自故乡来，应知故乡事，来日绮窗前，寒梅着花未？

清清楚楚地记得你家的地址，可是却再没有勇气写信。努力地去想你的模样，却总记不清晰。偶尔一次梦见了你，把梦你的梦一遍又一遍地回味：你推着一辆自行车，背着一个黄色的军用包，从我家后面的那条小路经过，看见我，你把包往身后一推，跨上车，头也不回地走了……

你那如满月一般的面庞，深深地嵌在我的心里……相遇你的点点滴滴，不思量，自难忘……

## 谁还没有过去？我只在乎和你的未来

1

朋友说，她为一事烦恼，闺蜜就要结婚了，可对方曾经有过女友，而且当时闹得不轻。她不确定要不要告诉闺蜜。

嗨，我觉得根本没必要。

你想，你告诉她的结果是什么？很有可能两人就掰了。即使不掰，心中也会留下阴影，影响以后的幸福。

谁还没有过去。过去的就让它过去，我们心里想的是美好的当下，我们要的是美好的未来。

两个人在一起，故事是不同的。

甲和乙在一起，可能电闪雷鸣；和丙在一起，则可能脉脉春晖。

只要不是人格问题，大可以忽略不计。

为什么不少人容不得自己爱人的一点点缺失、过错，可是却可以与另一个有"过去"的人再婚。

要论这后来者，其实，可能根本与原配不知差了多远，多出多少历史故事呢。

但因眼睛不曾看见过、耳朵不曾听说过，这心里便不烦不恼。

记忆是纯净的，印象是美好的，便会欢欢喜喜，幸福地牵手一起向未来。

## 2

几年前，我也为一熟人的事烦恼过好久。

熟人的老公和他的小三，碰巧和我坐到了一张餐桌上。世界真小，怎么就这么巧遇到了呢！

这晚饭吃得很糟心，尤其难的是，出了饭店，我就开始纠结到不行，要不要告诉熟人呢？

不告诉她，觉得对不起她，眼睁睁看着她被蒙在鼓里，还人前人后幸福地夸着老公，关心着老公，以老公为傲的样子，觉得好替她难过。

不告诉她，也觉得自己好像对她不实诚，和她老公一起欺骗着她。

如此搁在心里，好久都没能放下。

后来，我和一个好友探讨这类情况如何处理。她坚决地说：不要说！说了只会让她徒增痛苦，别的没有任何好处。于是，我把这事吞进肚子里。

可仍然留在心上，每遇见熟人，便觉尴尬难受，浑身不自在。

但后来我想通了，熟人过得快快乐乐的，我为什么要去破坏了她的快乐呢？

事情发展也是这样的，她老公不久就断了与小三的关系。可能因为心里觉得愧疚，对熟人反倒比先前更关心体贴了。

我觉得真险啊，要是我当时一个忍不住说了，不就把这个幸福的家打碎了，让熟人陷于痛苦与不幸！

幸福是个意识的东西，有些事情，不知道为好！俗话说的"眼不见为净"。

## 3

那么知道的事情，如果让自己不快乐，影响到幸福，也大可装作不知道。

听好友讲了一个故事。

杨是中学老师，老公苏某因杨父的关系，在一家事业单位工作。孩子八岁那年，苏与当初弃他而去的初恋重逢。猪油蒙了心的苏回来后，铁了心要与杨离婚，要和初恋厮守。

杨父交底给他：如果执意离婚，可能工作都会丢掉。

苏很坚决，工作不要，孩子不要，家里一切都不要，只要离婚。

百般争取无效的杨只得放手。

可是一年半后，苏主动回来请求她的原谅。

原来，念想里初恋是"神仙妹妹"，一起过日子后，才知道自己的老婆才是"神仙姐姐"。

杨很大度，欣然悦纳老公回归。并且以后当作从来没发生过那什么一样，一家大小幸福过日子。

问她咋这么心大？回说，没他后，日子也能过，可是总有伤痛，总觉得家不像家。既然幸得他又回头，怎么不高兴呢。

过去的已经过去，我和他的现在及未来更重要！

浪子回头金不换。知道到底幸福在哪里的苏此后特别定心，再也没什么风摇树动的事儿。

也有问她难道日复一日的居家日子里，就没一点芥蒂？

杨说：我从不让过去来打搅现在的生活。一旦过去抬头，我便问自己：失去他时，我那么痛苦，难道我还想失去他？答案显然是否定的。

我既在乎他，就要好好待他。既然现在让我幸福，为什么要揪着过去不放呢？

我过的是现在的日子，不是过去。我走向的是未来，不是过去。

# 4

想起英国前首相劳合·乔治"一生总在关身后的门"的故事。

一天，乔治和朋友在院子里散步，他们每经过一扇门，乔治总是随手把这些门关上。"你有必要把这些门关上吗？"朋友很是纳闷。

"哦，当然有这个必要。"乔治微笑着对朋友说，"我这一生都在关我身后的门。你要知道，这是必须做的事。当你关门时，也将过去的一切留在后面，不管是美好的成就，还是令人懊恼的失误。然后，你才可以重新开始。"

无论是自己，还是我们生命中的人，对于不愉快的过去，都要一边走，一边随手把它们关在身后。

纠缠于过去的人易不幸，积极向未来的人才是向幸福出发！

## 相似的人

人生何处不相逢。

很奇妙，人不知道，何时何地就会遇见谁，又为什么要遇见他。当然，这些不重要。重要的是，那人曾让你眼前一亮，心头一动，然后，有种美好的感觉，将自己萦绕一段时间。

那段时间，开成生命旅途中的一朵花，回望，顿觉一缕芬芳，穿过当年岁月，轻柔地飘浮拂动于面前。

高考复读时，我住宿在女生宿舍，吃饭在身为该校老师的亲戚家中。

由宿舍往来亲戚家的路上，会经过一位体育老师的宿舍。这个宿舍里同时也有三位学生常在其中。两男一女。其中一男一女是准备考体校的学生，还有一名大概也与我一样，是在老师家寄宿的亲戚。

因常常路遇，便彼此有些熟悉。但也仅止于与女同学打打招呼，对于男生，则从未说过话。

但与那位寄宿男生，有胜过语言的交流。

因为第一眼，便惊奇于，他何其像他——我一直暗恋的那个人！

长相像，连气质也像，举止也像！

于是，相遇时，会下意识地看着他，眼神便会相撞在一起。

年轻的心，容易相互触动，然后生出互通的微妙的情愫来。他看我的眼神，先由讶异，逐渐伴以若有似无的脉脉来。

毕竟他不是他，因而我对他的依恋之感、亲切之情愫，便没有在心中强烈地生长。还因为总觉得，他也比他少了一分轻扬与灵性！

然而我看他的眼神，却分明撩拨了他的心弦。

五月份，将要高考预考前夕，那位女生来找我了。

预考，意味着同学们可能面临分离。考上的，还能在一起一个多月，冲刺统考；考不上的，从此不用再返校，便再不能在校园见到了。因此，大家便会有一些赠别的举动，如送礼物，写留言。最不会少的一环，是互赠照片，以留作纪念。

一日，那女生忽地来在我的宿舍，对我说，有个人想跟我要张照片。

原来是他！

那时节，有朦胧情愫的男女之间，往往更觉害羞，不敢相处，不敢相见，不敢互相说话！

因此，他委托她来跟我要张小照。然而我却婉拒了。

此后，我和他从未有过联系。他现在大概不记得有这一段经历！而我的来路，却鲜明地站着他。

我没有因为他而怦然心动，也没有因为他而情愫缠绵。但他也是那个给我留下温暖记忆的人。

每每回想，我也心怀感激，感谢曾有缘与他相遇！

## 一次邂逅，美丽一生

现在的人，还会一见钟情吗？

我很怀念那样的年代，只见一面，然后或许就会让你想念一辈子。

而一生有这样一份高纯净的依恋相伴，是不是生命更富有意义，变得动人起来了呢？

偌大的长途汽车站候车大厅里，熙熙攘攘地挤满了人，排成一队一队的，等着购买返乡的车票！

每次放假，我都要必经这个等候。

这次，是大学一年级的暑假，我照例排在去往我家乡方向的购票队伍里。

此时的我，还不知道，一场邂逅，即将在我的命运中展开。

长长的队伍，慢慢地向前蠕动。为了打发等候的时间，人们开始前后左右地攀谈起来。大厅里满是嗡嗡的嘈杂的声音。

排在我前面的小伙子，也侧过身，试着与我打招呼。

清秀儒雅的气质，让他在一群人众中，有如鹤立鸡群。没多久，我便浑然不觉周边人群的存在了。

渐渐知晓，他在上海读大一，美术专业。

不由对他刮目相看！心里暗暗满溢钦佩之意！他的学校和专业，都是我所在学校望尘莫及的呀。

更令我惊喜的是，我们要到达的是同一个终点。我们是同一个镇的人。只不过，我们分属相邻的两个村。

缘分似天定，说起来应该是奇遇。

因为他放假一般是直接从上海到家。这次，因为来看一个同学，才转到这个城市的。

也因此，我们便相遇了，同乘一辆开往家乡小镇的汽车。

崔颢的《长干行》说：君家何处住，妾住在横塘。停船暂借问，或恐是同乡。家临九江水，来去九江侧。同是长干人，生小不相识。

两个来自故乡的人，分别去向不同的城市读书，却共同辗转到同一个城市的同一个车站相遇，一起回故乡。茫茫人海，这样地相遇，不够传奇吗？

况且站在我面前的，是一位帅气的来自名校的艺术生，你若遇到，会心静如水，不生出些许想法来？

我的心一下子被他俘获了！到下车时，依恋已经开始。于是，我要了他的通讯地址。

盼着暑假快快结束。因为只有返校了，我才可以与他有联系。

当然，返校后，我羞于给他写信，只是默默地祈祷能收到他的来信。但是他似乎把我忘记了，一点音信也没有。

到了元旦，机会来了。我给他寄了一张贺卡。然后，日盼夜盼，等他的回卡。

可是迟迟没有！

心中羞愧无比！我如此自作多情，而人家，根本不记得我啊！

大二寒假的车站，我幻想着能再次与他相遇。临往车站前，我在宿舍里，对着小圆镜，照了又照。淡紫色小白花衣裳的映衬下，一双眼睛，波光流动，自我感觉，羞涩的青春容颜，还是有几分动人处。

可是守株待兔的想法，亏我竟能迷信。

车站的候车大厅里，哪里还能再奇迹地出现他的身影。

怅然若失地，我一个人乘上了回家的车。

寒假后开学不久，呀，意外的惊喜，竟收到了他的回卡。卡中他歉意道：整理贺卡，才发现有你的一张，因此，回迟了！

原来是这样啊！

节日前后，那个时候的大学生，哪个不收到一大堆贺卡，夹在其中，漏发现或漏回一两个也太寻常了。

也或者，也竟是因为害羞或者各种想法太多，反而迟迟寄不出贺卡呢，还有啊，我就因为，想要制作一份特别漂亮的贺卡，反而总是觉得不能达心意，最后也落得寄不出贺卡的情况。

我浮想联翩，幸福瞬间爆棚！

只是人生的惊喜到此也就止步了，以后，我们还是没有联系。

那时人与人联系不方便，再加上男女生之间那一层羞涩的阻隔，很轻易地，乍然而起的缘分，也会乍然而终。

但现世里的缘分结束了，心里的留存却会开始生长。也因此，这个人，便会融入以后的人生，常常会不期然地想起，那美好的样子，也只会随着光阴的流逝，越发地立体起来。

心里有这份美好与自己一同成长，不是一件很有意思的事吗？人生是不是因此更加充满奇妙的意味呢？

现在人与人相识与交集非常容易，也因此失去了一层美感，让人鲜有想念与回味。

因此，这份旧日邂逅，是我生命旅程上捡拾到的一颗宝石，也或者似一棵长青的树，一直绿意盎然在我生命的风景线上。

一次邂逅，美丽一生！

# 那一段纯情岁月的记忆碎片

青春期,谁会不曾有过为谁心动的时候。只不过,更多地会如烟花一闪,旋即消散不见。唯有高二时的一段情感的朵朵涟漪,一直荡漾在方闲语的记忆深处。

## 1. 从妈妈们的对话里,我已喜欢上你

高二,方闲语转学到一所新校。大她三岁的哥哥,是这所新校的教师。哥哥大学刚毕业不久,年轻、帅气,成为校园师生欣赏的一道风景。沾哥哥的光,方闲语自然也格外引人注目。

新学年开学第一天,报到的高一新生,多来自偏远乡镇,有不少家长陪送着来校。有几位送新生的妈妈在方闲语宿舍里闲聊着。恰好在宿舍的她,在蚊帐背后,津津有味地听着。

不久,她的注意力被其中两位妈妈的对话吸引了,她们正谈到的其中一家的男生,引起她的兴趣。只听一个妈妈说:"我家晏宁啊,来校报

到前，还跟他弟弟为争一把玩具枪，兄弟俩打了一架，晏宁输了，现在还生着气哩……"

根据对话的描述，方闲语的眼前浮现出一个活泼、机灵、淘气的少年形象来。她陶醉在自己的浮想联翩里，竟然发现自己已经喜欢上了这个想象出来的男生。

## 2.初次相见，便再也不能忘记

不久后方闲语便知道，晏宁在高一（二）班，而她的哥哥，恰好是那班的班主任。

到了吃饭时间，学生们纷纷涌到食堂，排队打好饭菜后，就端到各自的教室里去用餐。方闲语正常就在她哥哥的宿舍里吃饭。平时有事没事，也常逗留在那里。

这天下午，方闲语正一个人在她哥哥宿舍里做作业。这时，有两个男生跑进来，其中一个是晏宁。此前方闲语因了那两个妈妈的对话，已经"认识"了他，而他，似乎因为方闲语是自己班主任的妹妹，也对她表现出好奇和格外关注来。两个男生的突然闯入，让方闲语有些慌乱。

"把方老师的羽毛球拍借我们用一下，可以吗？"

晏宁笑意盈盈地看着方闲语。那天阳光特别好，照得宿舍里特别亮堂。晏宁的脸上也格外地光彩熠熠。是的，多年以后，这张明亮的少年的笑脸，还一直嵌在方闲语的脑海里，流逝的时光不但没能使其模糊，反倒越发地清晰起来。

方闲语赶紧从床底下拿出球拍递给他们。两个男生走了，她却傻傻地站在原地，愣怔了半天。

后来，醒过神来的方闲语，一遍又一遍地回味着晏宁的神情，说过的话，那闪闪的笑容。他是故意来的吧？啊，蜜糖一样的下午！

### 3. 当节目主持人的男生好帅

下午是作文课，老师布置完题目后，就留给同学们自己去写。获得自由的男孩女孩们，许多跑到高一（二）班教室那边去了，去欣赏那班今天举办的班级联欢活动。

方闲语当然是最兴奋的一个，她是冲着晏宁去的。听他班上同学说，今天的主持人就是他。同学们都簇拥在窗前观看。方闲语在最前面，都被挤得趴在了窗台上。

黑板上是彩色粉笔绘制的联欢板报，画着一大束花，托起"联欢会"几个大大的美术字。靠窗的同学告诉方闲语是晏宁画的。主持间隙，晏宁的眼睛不时会瞟向窗子这边，目光与方闲语对上时，方闲语觉得他的眼睛里也流露着喜欢。

与方闲语同村的一个女生上得前台来，唱了一首歌。她一只手按着桌子，低着头，自始至终就没抬起过，声音低得像蚊子。后来方闲语多次拿这次唱歌打趣她。她之后，晏宁便唱了一首《梦驼铃》。他唱歌也这么好听！方闲语更对他着迷了。

### 4. 写诗本传递的朦胧情感

女生宿舍在一栋平房里，房前有宽阔的走廊，大红圆木的廊柱。宿舍面积有五六十个平方米，里面挤挤挨挨放着三十多张木质的上下床。高中部的女生全部住这里。

宿舍里有个叫林小倩的女生，是晏宁班上的。小小的个子，白净的皮肤。喜欢扎着四只小辫。头顶处扎着两只，梳顺到后颈处再扎起两只。在方闲语眼里，她不算特别漂亮，但有一股文静的气质美，属于纯纯可爱型的女生。她也暗暗地喜欢晏宁！但晏宁喜不喜欢她呢？方闲语不知道，可每见她，心底总会莫名地泛出丝丝醋意。

知道林小倩喜欢晏宁，是从看见她借来晏宁的写诗本子开始的。那是一本四十六开的棕黄色皮面本，本子里是晏宁写的诗。林小倩常常捧了，坐在床上，一个人静静地看。

方闲语便有意接近她，和她相处密切起来。有意无意地，从她那里探听晏宁的信息。在她把写诗本还给晏宁后，方闲语便请她转达想借看的意思。虽然明知道她也喜欢晏宁，觉得自己这样做未免不够光明磊落，可是她太想接近晏宁了，也顾不上许多！

林小倩终于帮着借来了晏宁的写诗本。其实方闲语懂什么诗啊，平时都没怎么看过。但对晏宁写的诗，她一首一首地认真看下去。熟读唐诗三百首，不会吟诗也会吟。看了晏宁的诗后，她也开始学着写诗。

方闲语教室的隔壁就是晏宁所在的男生宿舍。她的座位在教室的最后一排，紧挨着后门。每当晏宁从教室前走过，她都能看到。她常常因此分神，目送着晏宁来去。而晏宁似乎也有意地看她，每当眼神对上时，她心里便幸福感泛滥。

方闲语的书本都放在课桌下开放式的抽屉里，外人可以很方便地随意拿取。一天，方闲语发现，她写在本子上的两首"诗"被人动了。其中一首中新增加的两句，她至今都记得。"何愁此生不得志，当叫人惊女儿姝。"方闲语看着这两句，一阵暗喜涌上心头。那是晏宁的字迹，她在她哥哥批改的作业本里无数次地见过。

## 5.唱歌引来的尴尬

沈媛媛的爸爸是校教务处主任，她有时会带方闲语等几个女生到她爸爸办公室玩。这天，几个女生见办公室内空无一人，就对着办公室里的播音器唱歌。大家疯闹着，一曲一曲的歌子随着喇叭传了出去，回响在校园的上空。

她们几个唱过后，怂恿方闲语唱。方闲语自知五音不全，初时怎么也不肯唱，但拗不过她们的起哄，就忸怩着唱了一首《妈妈的吻》。

唱完后她们出来，路上遇到晏宁和几个男生走过，他们正在议论着刚才唱歌的事。"是哪几个女生呀？胆子真大，竟敢在广播里乱唱。"方闲语清晰地听见晏宁说，"尤其那首《妈妈的吻》，调都跑天上去了……"

方闲语的脸腾地着了火一样，竟然在晏宁面前出糗，这令她懊恼、沮丧不已。

## 6. 相向而立，两心似相悦的感觉多美

周末的傍晚，晏宁没有回家，方闲语也没有。在晏宁教室门前，微暗的天光，空无一人的走廊。方闲语来还晏宁的写诗本。各自背靠一根廊柱，他俩相对而谈。

方闲语竟然和他谈诗。后来想起，她都为自己这样附庸风雅，觉得羞愧得要死。又谈到班上的一些同学。有一句没一句，有一搭没一搭，他们找着话题闲说。晕乎乎的时光，方闲语的心，像醉酒一般恍惚，如小鸟一般欢乐。

你为什么不向曹坚借诗本呢？晏宁突然问出这么一句。

曹坚是晏宁班上的一个男生。不仅长相比晏宁好，且比才艺也胜过晏宁，方闲语曾听许多女生对其夸不绝口。

但当时，方闲语就觉得眼里只有晏宁，其他人她未及留意。或者，喜欢上一个人便是这样的，全世界就只有他了。

因此，方闲语笑笑说，我不认识这个人呀，其实，她是认识的。

这次"约会"之后，晏宁又借了一本新诗本给她，还有一篇他自写的小说。意味着两人的交往在延续。接下来的暑假，晏宁的诗和小说，

伴她度过了浪漫的一夏。

## 7. 陷入恋爱的女生，总觉得自己是世上最丑的那个

周筱雅和方闲语原在一个班，升入高三后，两人分读文理两个不同的班。周筱雅长得像山口百惠，校花一朵。她父母是镇卫生院医生，因此，她不住校集体宿舍，而住在镇政府那边，离学校很近。

这天，周筱雅邀方闲语来到她宿舍，从书箱角落里，拿出厚厚一大沓男生写给她的情书，两个人偷偷地分享着小秘密。

看完了周筱雅的那些情书，她们便聊到了晏宁。

周筱雅说，那个晏宁啊，人缘好得很，许多女生都喜欢他。又告诉方闲语，晏宁对她班上的陈静和很好，两个都是校团委干部，经常一起活动。

陈静和，长着一张娃娃脸，脸蛋看上去就像七八岁的小女孩，肤如白瓷。说话柔声细语的，脸庞上那笑容就像花儿在脸上慢慢绽放一样，徐徐地、静静地，又持久地。

她母亲是乡村医生，家境很不错。所以，她穿着打扮也像个洋娃娃。经常用带两颗红球球的橡皮筋，扎两只羊角辫，可爱又漂亮，让方闲语羡慕不已。

周筱雅告诉方闲语，晏宁喜欢陈静和，经常画画送给她，还写诗送给她。

方闲语听了，心里啊，又忌妒，又紧张，又无奈。五味杂陈，自信心碎了一地。

这边还没缓过神来，那边周筱雅又说，听说，晏宁与梅若尘交往也密切。

梅若尘是初三的女生，家住学校附近，也是团委干部。那个梅若尘

也是很漂亮的。

方闲语此刻觉得，自己简直就是一粒尘。

## 8. 这个结束，来得有点令人啼笑皆非

高三开学伊始，方闲语便遗憾地发现，晏宁转到了另一所学校，离她的学校很远。

那时为了考上小中专，会有许多学生，到初三时故意"留级"。方闲语就是那故意的一个。那时，她爸爸还特地到学校通"关系"，让她复读。她复考了两年，结果还是没考上，最后只好仍读高中。因此上到高三时，她已经虚岁二十了。

巧就巧在周筱雅、沈媛媛也是二十岁，且三个人的生日都在十一月，在那样的集体宿舍里，这样的消息本就容易不胫而走。

偏偏这当中，还有一个情况，更加剧了消息传播的速度。

来自水乡的沈媛媛，有个心灵手巧会缝纫的姐姐，不时给她做漂亮的衣裳。这不，这次她特地回家过生日，返校后又是一件新衣加身，惹得宿舍的几个女生争着拿去小镇上请裁缝做同款的。

三个人过生日的消息，因了她这件漂亮的衣裳，更长了翅膀似的传了出去。

于是，生日的喜庆氛围还没有完全散去，方闲语就接到了晏宁的一封来信。

信中先是祝方闲语生日快乐，接着便说："我只是一个十七岁的孩子。"

不言而喻，她是个二十岁的大人了，他和她不是同龄人，他不喜欢"姐姐"！

不久，晏宁委托朋友向方闲语要回写诗本，她只好讪讪地还了出去。

## 9. 我心已是极衰了，你还要来踩一下

周筱雅曾提到的，晏宁喜欢的那个梅若尘，考上了小中专。那时，这是件了不起的事，土土的农家丫头，飞上云端成凤凰。

有个女生叫赵沙沙，眉心处长着一颗大大的美人痣，是梅若尘初三时的好友，现在她升到高一，与方闲语住到了同一个宿舍。

赵沙沙隐约知道方闲语和晏宁的故事，她的心自然是向着梅若尘的。为了气方闲语，四月的一个下午，在宿舍里，赵沙沙故意和另一个女生谈论正在看的琼瑶小说。

"这本《海鸥飞处》是若尘寄给我的，她说了，《聚散两依依》在晏宁那里，等晏宁看好了，再寄给我。"

她看方闲语一眼，特别提高了声音，尤其当说到晏宁时，更流露出"我们很亲密"的神气。

方闲语知道，她是故意向她传递晏宁和梅若尘交往的信息。

她装着看书没听她说话，其实心里却如何能平静得下来。

晏宁和梅若尘，他们两个简直是绝配！梅若尘是国家干部，而她，还是个前途未定的农村丫头，根本不在一个档次！

与晏宁，今生大概缘分已尽，唉！方闲语暗暗叹息。

## 10. 假若你没有回头再找我，一切或许会更好

与晏宁无联系已经好久了。转眼，临近高三快毕业。这天晚上正上晚自习，班上突然有人告诉方闲语，说外面有人找她。

她走出教室，幽暗的路灯下，晏宁正冲她笑着。多么的意外和惊喜！

方闲语跟着晏宁出了校园，走上一条东西向的大路。路两边长满密

匝匝的芦竹，像两排郁森森的屏障，衬得身周的世界，更显静谧。

两人一阵沉默，晏宁抬头看看夜空。天幕上一轮圆月高悬，泼洒下满天清辉，皎皎的、柔柔的。晏宁说，今晚的月亮特别亮，又说，他后悔了，不该写那样的信，不该要回写诗本。

方闲语直恨自己怎么就忽然口笨舌拙，什么也说不了似的，像个弱智。然后，两个人便无语，就默默地走着。

她后来怎么回来的，晏宁怎么走的，她怎么也想不起来了。

再然后，方闲语忙碌于毕业拍照、同学之间互赠礼物、写留言、高考预考、放假。

再后，晏宁再无音信。

## 11. 他走了，而她，却从此整个人陷进了他的世界

方闲语以为她忘记了晏宁，可是，高三后的暑假，闲下来了，才发现，她对晏宁的思念才真正开始。

或许应了那句俗语，得不到的才更令人念之想之。他在她心里生了根似的，一天天的生长……思念不间断，无法放下来。

她不停地写他的名字，日记里，书缝里……装作不经意的，她向别人打听他的情况。

大二时，一个新上大一的同乡，来自晏宁那个镇。"君自故乡来，应知故乡事。来日绮窗前，寒梅著花未？"生怕同乡看出秘密，方闲语闪烁其词地向她探问晏宁的音信。

"哦，晏宁啊，他先在镇广播站，现在不知道去哪里了。"

总是这样，能听到的信息，永远微乎其微！

清清楚楚地记得晏宁家的地址，可是，方闲语却再没有写信的勇气。

一遍遍地去想他的形容，他的神情，他说过的话，在旧时光里寻一

丝慰藉。

　　有一次她梦见他推着一辆自行车，背着一个黄色的军用包，从她家后面的小路上经过。看见她，他把包往身后一推，跨上车，头也不回地走了。

　　虽然是个没有美好结局的梦，她却把梦反复地回味，一遍又一遍，让心在有他的境地里，沦陷……

第二辑　写给年少可爱的你

## 那个低头的男孩

写下这个题目,一个腼腆的男孩的脸庞浮现在眼前,他坐在课桌前,当我的目光无意扫向他时,他羞愧地低下了头,我似乎有点猜着了,纸条是谁写的。

男孩是初一学生,来自农村,个子比同班同学高大,面色黝黑。

我的同桌,来自邻村的女孩苏青兰,小巧玲珑,肤色白皙,尤其进入初夏时,站在窗前的她,用作业本子当扇子扇凉风,微汗的脸庞,宛如一朵粉色的莲花。

每一个豆蔻年华的女生,都是一朵亭亭的荷。

课间,天热,同学们三五一群,聚在一块儿闲聊着。而我们俩,则坐在位置上,叽叽呱呱,相聊甚欢。

和她聊得兴起时,我习惯性地,一边眉飞色舞地说话,一边把一只手伸进学桌肚里,掌心向上,连续击打着上方的桌板。这天,却打出了一物。

真是用了心了,紧紧折叠成一小团的一张纸条,夹在了桌缝间。我掏出来，展开一看，上面抄的是一首情诗。

小心脏一下子扑通扑通地乱跳起来。

我下意识地对着前面一堆男生，问道：你们，谁放东西我桌子里了？那些个男生，站着的、坐在桌上的，全都茫然地摇着头，予以否认。

毕竟才初一，我们还都是十一二岁的小孩子。下意识地问过他们后，担心别人知道是什么的羞耻感这才从心底忽然醒来，我赶紧噤声。然后偷偷地对着班上男孩子一个个看过去。

男孩子们多沉浸在自己的事情里，或者注意不到我看向他们，或者对我看向他们不明所以，只有他，当接住我的目光时，好像做了亏心事似的，别过眼神，低下了头……

这以后，又出现了几次这样的情况，每次纸条上写着不同的内容，但表达的都是爱慕之心。

我还不能确定就是他。压不下心头的紧张与疑惑，我与苏青兰说起这件事。她于是与我一起分析可能是谁，并且加入了我寻找"纸条男孩"的行动。

终因纸条上没有写名字，而不知道是谁。

但一天，男孩自己浮出了水面。

班上同学，来自邻村但离校较远的，中午是不回家的。而我在学校附近，就几步远，课间回家一趟都能赶得及下一节课。

这日中午，我已经回家了，又突然想起要把书包带回去。于是，跑到教室，匆匆从桌肚子中拿出书包，还对着在我学桌旁的一堆男孩子扬了扬，就又奔回家了。

到家打开书包，却发现了一封厚厚的信。讶异之下，跑到房间里，在床边偷偷读。这下子，那个信上留了名字，果然是那个低头男孩！

我一边紧张地读信，一边感到非常羞耻。担心被大人看到，于是，都没敢看完，就吓得划一根火柴烧起信来。床前踏板上正好破了一个洞，也不知道当时怎么想的，慌张中，我竟把点着的信胡乱塞到那洞里，结果差点把踏板给烧起来。

羞涩紧张化作了愤怒，我写下一个纸条，以其人之道还治其人之身，塞到"低头男孩"的桌肚子里。

自此，那个男孩以后再不敢看我。我也根本没把他放在眼里。此后，我们又同了两年学，但再没有说过一句话。

等到了高二，我自己忽然有一天，对一个男生有了朦胧的意识，便想起对他的粗鲁拒绝，觉得伤他的自尊心。为此，愧疚起来。

我当时带着气愤，写给他的是这样一句话：请你自重，以后不要再给我写信了！虽然简单的几个字，却对一个小男生的一片纯真是多大的打击和羞辱啊！

于是，高二暑假时，我给他写了一封信，寄到他的家里。表示我当时不懂事，可能让他感觉难堪了，深感抱歉，希望他不要放在心上。

若干年后的今天，想起曾经有个小小的男生，曾把他人生的第一份朦胧情感倾注于我，感觉是多么值得感恩的事。如果可以回到过去，我定不会紧张和羞耻，也不会做出伤害他的行为吧？

## 相见不如怀念

初三的时候，他渐渐闯入了我的视线。

我们学校是联中，当时有没有改成初级中学，我印象不是很清楚了。但那时肯定没有高中，初三应该就是学校的最高年级了。当然，初三有两个班。

初一、初二的时候，我们是否同班，我也没印象了。也可能是到初三的时候才分到一个班的吧，因为此前他在我的记忆中一点影子也没有。

他坐在我后面一排。

那时我成绩比较好，在班上是数一数二的。因此，有时我作业还借给他抄呢。

他是那种长得白净、文弱的男生，脾气特别好。属于唯我马首是瞻，任我怎么蹂躏也忠贞地跟在我后面的男生。

而我有时虐待他，似乎感觉很开心。

一次，我在课上悄悄把作业给他抄时，被班主任看到了。可能因为他老实，班主任想杀杀我的傲气，便直接超出常规地把我狠狠地批评了一通，不，应该说是羞辱！

我们当时，成绩好的，初中毕业时就会考小中专。能考上小中专是非常荣耀的事情，直接就是跳龙门了。

我是班上的那一两颗种子选手之一，平时是倍受老师同学重点关注及保护的，因此，心下确实有些骄傲和得意。

可是班主任却把我骂了个狗血喷头。"你以为你成绩好啊，你这学习态度，离考上小中专还差十万八千里哩！"

一直骄傲的我，什么时候受过这种打击！那可是当着全班同学的面啊，而且是上课期间！

于是，我趴在学桌上，哭了个昏天黑地！

这个时候，他一直就在我身后，低声下气地说："对不起，都是我不好！你不要哭了。"

说实在的，就我当时那活泼的性格，其实哭一下子也就没事了的，可当时，不知怎的心头竟有种奇怪的感觉，似乎越让他难受，我便越舒服，于是，本该早就收兵的哭泣，因他的道歉声越发地带劲了。

五分钟足够的哭泣，我从课上哭到下课，下课了还继续哭。他也就不因下课而走出教室，反待在座位上一个劲地在身后劝我不要哭、抱歉都是他的错。

把他虐了个够，感觉很爽神。

第一次会考（又叫预考）之后，剩下的同学就少了。有两拨人不再上课。一拨是没有通过预考线的，一拨是被职业学校录取的。剩下的同学，将参加接下来的总会考。由于同学变少了，原先的两个班就合成一个班上课。

他当时被一所职业学校的财会专业录取。

不用再上课的他轻松了，而我还将大战一个多月，冲刺最终的决战。

可是别的自由了的同学早就散掉了，快活地投入了玩耍中。而他竟然不享受解放了的乐趣，还死心塌地地对我效忠着，竟然帮我收集复习资料，都是历届小中专考试的试卷，然后还用一只大信封，寄给了我！

收到那厚厚的一大沓试卷时，任是当惯了刁蛮公主、对他的死忠视为理所应当的我也是小小地感动了一下。

后来，我小中专没考上，但考上了高中。没有将他放在眼中的我，自然是不会想到去联系他，也没有告诉他我考上的学校。

到我再次遇到他时，已经是我工作了以后。

那次我与刚结婚的先生一起回娘家，到小镇上下了公共汽车后，因天色已晚，最后一班从小镇开往我家的公共汽车已走，怎么办呢？正站在路边一筹莫展时，他恰巧打身边经过。原来他已经在镇上上班，于是，他坚持把正推着的自行车借给我们。

当时他仍然是那样文弱、清秀、腼腆的模样！

后来自行车是请村里也在镇上上班的人带给他的，因此，当时并没有再见他。

自那后再见他已是二十年后。

一日，忽接到他的电话，说是儿子大学毕业，应聘了我所在城市的一家单位，送儿子上班来了。

于是，我们招待了他父子俩，然后一并知道了他的大致情况。

他在另一座发达城市里任一家大型公司的财务总监，并且在我所在的城市里与人合伙开了一家服装公司。也就是说，他在离我不远的地方，从事经营活动也有好多年了。

从他的介绍中看出，他其实并没有把我放下，应该是还想着与我有相聚的那一天的，也同时说明，他此前的若干年里，没有完全褪尽性格中的腼腆，否则，已经这么近了，怎么不联系我呢？

但此次见到他，毕竟人已中年以后，虽没有完全变得油滑世故，却已经看不到他当年的文弱了，也没有了腼腆的神情。

果然，这以后，他联系我比较勤了。可我深知，我们已不可能再是当年的纯情少年。所以我必须和他保持距离。

青春是回不去的，回得去的已不是青春。我不想以现在的过多交集，把我心底珍藏的那个纯真少年的影子抹掉！

## 模糊的关系

每每想起谢有林的时候，吴丹丹的内心是充满感激的。虽然，她始终对他没有爱情的感觉，但谢有林，从来没有离开过她的生活，某种情况下，他们俩也如同伴侣一样，一路相伴着走过人生旅程。

他们俩相识，是在吴丹丹高三、他高二的时候。而第一次正面相遇，应该是一次校运会上。

吴丹丹虽然长得娇小文弱的样子，其实运动神经可发达了，运动会上，那些跳高、跳远、长短跑项目，她都擅长。而且运动的身姿，轻盈、优雅，因此，同学们说，吴丹丹就是运动场上的一道美丽的风景。

谢有林也是运动场上的健将。

一次，他们两个相遇了。谢有林毫不避讳地直直地盯着吴丹丹看，羞涩的爱慕之心，在专注的眼神里，流露无遗。

谢有林大概有一米八。这突如其来的陌生的俯视，这一眼便明了的"我喜欢你"的眼神表白，一时让吴丹丹慌乱无措，她赶紧跑开。

不久，吴丹丹就知道他是谁了。因为他的一位老乡曹平平，是吴丹丹的班长。吴丹丹是文体班委，两人平时还是相处很好。曹平平的哥哥是学校的老师，他就住他哥哥宿舍。他哥哥不在的时候，吴丹丹和其他班委去玩过几次。

一天，曹平平又约吴丹丹去他宿舍，她去了后，才发现，谢有林在。这时，曹平平才说，他是受了谢有林的恳请，帮他约的吴丹丹。

谢有林特别紧张、兴奋，又有点害羞。拉一张椅子，慌手慌脚语无伦次地请吴丹丹坐下。曹平平则悄悄溜了出去。

吴丹丹怀着既来之，则安之的心态，和他说了一些话。既没表明讨厌他，也没觉得喜欢他，就这么无感地聊着。

但她心里还是很紧张的，充满担忧和顾虑，因此，时间不长，她就找机会结束这场被蒙来的"约会"。

后来，他们在学校里并没有再联系。因为那时的学生谈恋爱的极少，偶尔有一两对，也是偷偷摸摸地。吴丹丹不久都忘记了谢有林的存在，而谢有林，也毕竟是个子大，胆子小，没敢再找她。

不久，高三会考结束，吴丹丹就回家了。

那时，会考时间比别的班级放暑假要早一个多月。

这期间，谢有林竟然摸到了吴丹丹家，而且还请了曹平平陪他一起过来。那时没有电话，他与吴丹丹又没有通信。曹平平也并不知道吴丹丹家住哪里。因此，当他们两人出现在吴丹丹家门前时，她吓了一大跳。

谢有林还是那副害羞又兴奋的样子。

他应该是很想念吴丹丹吧，否则，怎会有如此大胆之举？那时男女生间相处是保持距离的。所以像他这种摸到她家的行为，让她的父母也感觉很惊讶。

因此，因为太突兀，又出于本能对女儿的保护，吴丹丹的爸妈对这两位不速之客，竟有一丝愠怒了。

虽然吴丹丹对他没有一见钟情，也没有因为他多次想办法接近，而生出激动的感情来。但多年后，回忆起他的这些行为，还是感觉美好的。青春年华，因为他，有了动人的一笔，温润的一抹色彩。

谢有林高三那年，吴丹丹去外地复习，他们彼此没有联系。他高中毕业后去当兵，而吴丹丹进入大学。这个时候，他们开始频繁地通信。

吴丹丹很喜欢和他通信的感觉。他的军旅生活多姿多彩，他很勤奋上进，写得一手好字，又学吉他。他有段时间，在连队负责宣传工作。后来，他考上了军校。

但他们并没有发展成恋人，相反，他在高三那个暑假里，经人介绍，与本村一位女子确立了恋爱关系。

因此，他给吴丹丹的信中，谈得第一多的是军旅生活，谈得第二多的是他的恋人，后来成了他的妻子。吴丹丹从没见过他的爱人，但知道，是一位与她有相似之处且十分漂亮的女子，这都是他在信中反复说的。

大学毕业后，最初工作的几年，他们仍然通信。大学毕业时，吴丹丹把这期间的各种信件都处理了，但唯独留下了他的。他的信封，因是部队专用的，也显得很特别。但吴丹丹结婚没几年，就把他的信也处理了。她明白，在传统观念里，这种关系很难界定是与非。

这个吴丹丹没有告诉他，说了，他一定觉得遗憾吧。但她估计，他应该也早处理掉她的信了。要不放在哪里呢？有那一位在，有家呀！

纸质通信结束以后，他们并没有断开联系。还有邮件、电话、微信都可以联系。令吴丹丹内心情感矛盾的是，他总是不停地说他如何爱他的妻子，又同时说，吴丹丹是他的初恋。说他生命中有两个重要的女人，一个是他的妻子，一个便是吴丹丹。

"或许，我只是他生活中的某种象征意义吧。"吴丹丹想。

他也经常说，他和吴丹丹是柏拉图式的。他对吴丹丹说得稍微过分的一段话是，"我常常幻想，能牵着你的手，一起在原野上走着，走着，一直走下去……"

他其实很克制，努力把他们的关系控制在一定的度内。吴丹丹从他转业往何处去这件事上，深刻地体会到这一点。

此前，他也反复征求吴丹丹的意见，是来在她这座城市，还是回到他老家所在的城市。当时，从自私的角度出发，吴丹丹一个劲地劝他转到她所在的城市。

她希望他与她同城工作，这样身边就有个可以随时给她关心，在她困难时给予帮助的人。这对她拥有更多的快乐是非常有利的！

他也纠结了很长时间，有半年之久。此间，甚至来到她所在的城市一趟，到军转办了解情况，咨询转到这里的有关事宜。

可是最后，他没有告诉吴丹丹，而是直接选择回到了老家，放弃了到吴丹丹所在的这座城市。

等他将到新单位报到的事告诉吴丹丹时，吴丹丹感觉到了一丝失落。

"他这是为了与我保持距离吧。"吴丹丹暗想。

不在同一座城市，他们就失去了见面的机会，而如果在同一座城市，那要见个面还不是易如反掌，可是那么近，他们的关系将会发展到哪一步，或许因此就不确定了呢。

虽然吴丹丹深深地惋惜、遗憾。有时甚至认为，他不肯来这座城市，说明他对她没什么感情。但从长远看，她不得不感叹，他的选择，终究是对的吧。

他们就这样，似远似近，若有若无地，保持着这种模糊的关系。

不管是什么样的关系、过去，偶尔吴丹丹也为他总是提及他妻子如何好而冒出些复杂的、含有点点失落的感觉，但很快又消失，适应了他这种两条情感线并行的人生前行模式。

也有时，吴丹丹会心中矛盾，自问这种暧昧的联系，是否意味着对他那位的不尊重，对自己那位的不忠诚。

可是吴丹丹总难以下定决心，要她割断与他的联系，还真是舍不得呀!

  隔三岔五地，他们会打个电话，互相谈谈彼此最近的工作情况，或者微信里聊两句。也说具体事，也谈愿望，也互相解忧，偶尔也打趣，但从未说儿女情长。

  因为让这份关系一直保持，也督促了吴丹丹保持好的状态。当她冒出懒惰的念头来时，便会想，要是哪天他见到我的样子很差劲，那多不好，于是，便努力让自己上进。

  长期的自我修炼，还是出了一点成果的。当两届同学联合聚会时，吴丹丹作为学生代表发言。事后，不少同学夸她事业好、家庭好，个人形象也好。

  这让吴丹丹心里有点沾沾自喜。

  光阴迟迟。

  吴丹丹现在越来越深切地感到，虽然他们之间从不来电，但就这样一直持续下去，直到生命尽头，于她的人生，也或许自有意义吧！

## 谁后来又喜欢了谁

　　人与人之间的因缘际会真是奇怪啊，谁也说不清什么时候会遇着谁，发生什么事情，又什么时候会结束缘分，从此各走各的路，再无交集！

　　周良是在袁园读补习班时认识的。当时，他还是名高三学生，而且是文科班，而袁园读的是理科。按理讲，两个人八竿子打不着，但命运还就是安排他们认识了。

　　话说，袁园宿舍里几个女生，那可是大杂烩，有来自补习班，也有来自毕业班的，还有高一的学生呢。当时，缘何这么个状况，袁园也记不清了。

　　总之，这里面有一个女生，就是周良班上的。这个女生，叫练梧桐。袁园都叫她桐。桐与袁园相处得十分投机。而桐与周良是同村的，且住得相隔不了几户人家。

　　因与桐要好，周末的时候，袁园去过她家几次。那时候，回家是踏自行车。于是，去桐家的时候，他们三个人，同来同去。因此，袁园与周良也就熟了。

也算是日久生情吧，忽然有一天，袁园就发现，自己好像总是头脑中挥不去周良的影子，总喜欢与桐提起他、谈起他。聪明的桐立即明白了袁园那点小心事。于是，自作主张来撮合他俩。

一天，晚自习结束，桐叫袁园一起去操场边上的那片小树林。袁园以为，是和平时一样，到那里散步，驱除一天学习的困乏，然后再回宿舍。然而一进树林，袁园发现这次不同了，因为周良在这里。

原来，桐安排他们两人约会了。

因为本来就熟，又彼此印象好，因此，袁园也就和周良两个人隔着两棵树的距离，各倚靠一棵树，闲聊起来，无非就是说说彼此班上同学的一些趣事。而桐就跑开到稍远的地方，给他俩"望风"。

哈哈，其实那能叫约会吗？只不过找个地方说话而已。不过，自此，他俩的关系倒是更亲近了，也因此桐认为他们俩进入了状态，于是，为他们安排了第二次的约会。

桐为什么如此积极撮合他俩？据桐后来自己讲，她从小和周良一起长大，特别喜欢周良，而袁园是她最好的朋友，因此，她就特别希望她喜欢的两个人走到一起。桐甚至有一次说："园，要不是我有男朋友，良也轮不到你，我自然是近水楼台先得月。"

桐的男朋友，是她班上的班长。不只是学霸，情商也特别高，分分钟把班花桐追到了手。

第二次约会，距离就比较近了。在他家中，而且是面对面。

还是去桐家，自认为了解袁园心思的桐，晚饭后就拉着她一道，去周良家玩。然后，桐因为跟他们家非常熟悉，就躲到隔壁房间去，和周良的爸妈说话。而周良的父母，因家中穷，能有女孩愿意做他们儿子的女朋友，那简直是天上掉馅饼的好事，自然乐得让他们两个单独待在一起。

于是，在周良家客厅的灯下，他们两个有些尴尬地相对坐着，倒不知该说什么了。于是，沉默一阵子，再找点话说一阵子。袁园很希望桐出来救场，但成心安排这出好戏的桐怎么可能出来打破他俩的"美妙时光"呢？

这以后，周良倒是像对恋人一般对待袁园，可袁园心里，却有个不知如何说出口的秘密。

不知道什么原因，她初时确是对周良有些爱慕的感觉，可是时间并不长，早在第一次"约会"后，她觉得对周良的感觉，就回到了普通同学的程度上。但是却又不好意思表现出来，怕伤他的自尊心，也怕拂了桐的一片热心。

因此，周良后来对她表示出依恋，包括她读大学后他给她写信，她其实都在虚以应付，而且这一应付就是几年，直到她大学毕业工作，他们的联系才渐渐变少，到断了音信。

一次袁园出差到周良读研的城市。因为念及他家困难，所以她有心去看望他，心想，自己工作了，应该给他一点帮助。

周良见到袁园突然来访，很惊喜。尽管此前，他俩已经有段时间没有联系了，他知道她现在有男朋友，她也知道他这期间几次谈恋爱。此前的通信中都提过。这也说明，他们彼此也早已接受了他们间"爱情没，友情有"这个现实。

不过，此次再见，周良给袁园的信中，则有了淡淡的忧伤。他说："你这次来，让我想了很多。同学都逼我交代，有这么漂亮的女朋友怎么从来不告诉他们！"

然后，他们两个依然是不久便又不再联系了。

每当想起这一段过往，袁园都觉得很迷茫，不知道如何界定她和周良的关系。是爱情吗，似乎不是；不是爱情吗，又似乎有一点高过友情的感觉。

哈，青春期，对异性的喜欢总是很盲目，是吧？

我们都曾经喜欢过不只一个人,我们其实也不知道自己到底喜欢谁,又为什么喜欢,到底喜欢对方什么。到后来,想起来时,也许还会想:呀,好奇怪,我当时竟然喜欢了那么一个人!

但不管是谁喜欢了谁,谁后来又不喜欢了谁。也不管喜欢有多久,是长还是短,但我们终究是曾经喜欢过。曾经因为某个人,青春里又一抹空白被填染上了美丽的色彩!

## 他心已变

第一年高考,我出师败北,然而那时考上大学,是非常了不起的事,考不上也是很正常的事,因此,我暑假里依然无忧无虑的!

不仅如此,当暑假要结束时,我心里却是有些暗暗地欢喜的。

因为新开学之际,我将去我亲戚所在的高中复读,而他也将去那儿。

他是我另一亲戚家的儿子,其实,早听说他上一年已经在那边复读,但没有考上,今年将在那第二年复读。

距离上次我和他见面,已经有四年,他还是记忆中的那个白皙文静的少年吗?

到了学校,终于见到他。他虽然仍然像个城里人一样,清爽斯文,但是已经是个稳重的青年了,因为我比他迟进这个复读班,因此,他倒是如兄长般开始处处照顾起我来。

他有时会和我交流学习,有时会聊聊家常。又因我住亲戚家,而他也常被叫去吃饭,因此,生活上他也对我关心有加。同学们知道我们是亲戚,倒也没有什么议论。

他非常细心，这是我从我哥哥们那儿从来没有体会过的。

有一次，他见我走路有点跛，问我怎么回事，我告诉他，脚上生了冻疮，他便立即去镇上给我买了冻疮膏送来。

还有次，周末的上午，他让我帮他缝被子，缝好后，我伸开双手，对他撒娇说，手都冻得发白了。没想到，他下午就买了双手套送了过来。

每次，他回家时，也经常带点吃的给我。还因他家庭条件好，学习用的纸、本，也会帮我准备一些带来。

我一直把这当作是哥哥般的照顾，虽然喜欢他，倒也没当作是有爱意。倒是他有次说了一件事，我觉得他好像对我是心中有情的。

他对我说，有个男生（坐在我身后，与他同宿舍），常在宿舍与同学谈论我，又向他打听我。他说这话时，明显地露出忌妒、不高兴的神情来。我听了，心里还是有些高兴的。但为什么高兴，具体也说不清。

他对我的情感，是在复读结束的暑假及以后更加明朗化的。

共同复读一年，他考上了，而我，一如上年，再次名落孙山。这时，我开始感觉到难过和羞愧。

但很快，这种不愉快消失了。而考上的他，非常开心，人也完全放松下来。这个暑假，他有相当一部分时间在我家。我家当然是欢迎他的。

暑假后，我继续到亲戚那儿复读，他则开始频繁地给我写信。当时，可能对他没有生出强烈的情感，也可能复习期间没心情，总之，对他的来信，我不是很热心地回复，很多时候甚至不回复。以至到后来他对我的冷落抱怨颇多。

寒假的时候，他又来我家。这时，我觉得他城里人的气派更足了，穿着价格不菲的呢子大衣，戴的也是价格不菲的金丝边眼镜，又因作为大学生，有些得意洋洋的样子。我觉得他与我格格不入，又觉得他不理解我未考上心情不好，因此，对他爱理不理的。

只是感情这东西奇怪，我虽说在他对我示好时，好像表现出不太喜欢、不大在乎的样子，而心底其实情感也在慢慢上升，自己却不自知。到了一年复读结束，我也考上时，我渐渐感受到了自己对他也是心存情意的。

　　于是，这年暑假，当考分揭晓得知考上的消息时，我便从他家经过，让他陪我一起到亲戚家拿回我的行李。因此这期间住他家一晚，又在亲戚家共度一天。我是欢欢喜喜，而他其实是比较冷淡的，但我并未特别在意。

　　进了大学后，我开始主动给他写信了，但他这时已经不怎么给我写信，我依然不自知，还以为他可能是已经适应了与我之间通信的慢节奏。因此，到大学的第一个寒假即将来临时，我竟然满心欢喜地给他寄去一张贺年卡，并且用一番心思，在上面设计得花花绿绿的。我心里想着，他收到我的贺年卡会很喜欢吧。沉浸在这一厢自我陶醉中，连他没有给我写贺年卡都没注意到。

　　寒假里，他哥哥结婚，我作为家里的代表去他家出人情。满以为会给他个惊喜，到了他家，我却傻眼了，宾朋满座中，他把他的女朋友带回来了。

　　他其实早已变心！

## 有媒人来

　　上大学的第二年暑假，家中忽然就来了个从不串门的邻居夫妻！

　　说是邻居，其实离得还是比较远的，因为那夫妻俩是邻组的，与我家隔河相望。

　　都说有缘千里一线牵，这夫妻俩是来做媒的。

　　而那上门提亲的对象，离我们家还是比较远的，属于其他乡镇的。但这人又与这小夫妻家是亲戚。

　　所以说，人啦，不知道谁和谁就能扯上关系，就是有缘呢。

　　其实这人，要来找我，我仿佛是有预感的。

　　因为这人本身与我是同学啊！

　　兜兜转转，我们曾在一个班，又分别到不同的地方复习，但最终，却又联结上。

　　就在我考上的那年，我在原高中年级参加高考，而他也在，并且我们遇到了。

　　相遇时，他一本正经地，站在我的前方，装作不看我的样子，但我分明感觉到，他似乎心里有关注我。

那时男女生，还是不太好意思相互说话，尤其是腼腆的男女生之间，更尤其是在心里有想法的男女生之间，因为，"心里有鬼"需要遮掩。

因此，那次我们彼此一句交流也没有，考完试，各自回家，也没有再联系。然后，这年我考上了，而他名落孙山。次年，他再次参加高考，高考成绩一揭晓，知道考上，这不，就派人到我家来提亲了。

这就是我的预感，只不过他迟了一年才来。

这提亲的也挺好玩的，好像还是父母之命，媒妁之言的年代，竟然也不跟我说，就欢欢喜喜地回去了，大概是我的父母答应了他们。

没过几天，他亲自来了，在一个大暑热天里，踏个自行车，车后座上挂两只大西瓜。他来我家，似乎知道我也同意了似的，一停好自行车，就欢欢喜喜地把两只大西瓜搬进了我家。

毕竟是同学，我也不讨厌他。那时我也没有谈恋爱，所以，就是作为同学相处，我也会热情礼貌招待他的。因此，他在我家，大概一天，还帮我一起绕编织用的毛线。我们相处得竟也很愉快。

但是我又似乎没有往谈恋爱上去想。他邀请我去他家，我也没肯去。暑假开学后，我对他也是不冷不热。这期间，我大概在一封信中曾说，在学校感觉比较孤单，他就在国庆节放假时，突然来我学校，意欲陪伴我，偏偏我又临时起意，回了家，搞了个两不遇。他后来在信中说及此事，并说他晕车，非常辛苦，我觉得很是对不住他。

但终究对他没有热乎起来，这其中有个原因。因为他在我后面一年考上，又要读四年，将在我后面两年毕业，我因为多年复读，岁数不小了，那时还担心嫁不出去。对于他比我迟两年毕业，我心想，那时岁数多大！一旦有什么变故，我可承担不起，也因这层因素，不是太想与他谈的。

我当时的冷淡，他也有所感觉到，因此，信中也反复带有恳求的意味。记得他在信中，还很诚实地跟我讲，他曾经喜欢一个女生，也是我的同学。其实这些，我也挺忌讳的。我觉得很奇怪，一个人怎么可以又喜欢这个，又喜欢那个。大概男生比较理性，他对那个是出于爱情，对我则是出于可以考虑结婚的对象吧。

与这个男生之间，有件事，至今想来，还让我觉得，他的父亲对他的关爱，是挺感动人的。

记得我对他不冷不热后，有次竟然收到他父亲的来信，里面无非也是有请求我与他儿子谈的意思。信中提到，他儿子对我是多么喜欢，计划请我去他家，特意兴高采烈地把家中他的房间重新铺上砖头，收拾漂亮，等我去；而我最终没肯去，他很失望。

后来，他在来信中对我说，不知道他父亲会给我写信，为此他跟我直打招呼。

我觉得他是幸福的，有这么个爱他的父亲。

我们终究没有谈。后来听说他谈了一个女朋友，是个护士。我心中又有点失落，这大概是我自私的原因吧。

这个人，是我的同学，又是第一次有媒人上门来提亲，而且他的父亲还给我写信，的确有许多想来很有意思的回忆。

人和人的缘分很奇怪，人自己的情感也很奇怪。不管怎么样，对于他曾经对我有那么一段感情，赋予我那样一段经历，我想起来，还是很感激的。

他，也给了我一段美好的记忆！

## 无奈的放弃

这个人，想起来蛮遗憾的，非是无情，但却不得不选择放弃！

认识他，是在复习班上。那是我第三年复习，而他第一年复习。

第一面，是在我当老师的亲戚家遇见的。那是已经开学几天后，他是经我另一位当医生的亲戚介绍来这个学校复习的。当时他父亲送他过来，到我亲戚家时，正好是午饭时刻，我正在亲戚家吃饭，便恰好遇见了他。他是一个长相大气、清秀，但性格非常腼腆的高个儿男生。

从此后，我们就彼此熟悉。周末回去什么的，有时候会一起来去。

在学校倒没发展出什么，也没留下深刻的印象。

我接到分数，终于考上的时候，不知道怎么地，竟想摸到他家，想看看他有没有考上。当时向我那医生亲戚的儿子打听他家地址，他似乎还不太乐意，说了些阻止我去的话，大概是出于忌妒。

可惜的是，他这一年没有考上。

我在他家，和他聊了小半天，就回去了。

当时，为了去他家，我还特意打扮了下自己。当时的我，齐肩短发。

穿一件淡黄色带蕾丝边的圆领长衬衫。

毕竟我是一个青春期的女生，加上大眼睛，当时自己都觉着也挺漂亮的。

整个大学一年级，我和他没有联系。

到大二那年，他也考上了，是一家医学院。他主动给我写信。我也挺高兴的。记得他在第二封信中，曾写有这样的话：以前都不敢看你的大眼睛，现在，我再见到你，肯定能盯着你的眼睛看，你相信吗？

应该说，他是向我传达了交往的信号。

是的，我很喜欢他。可是我却不敢做出热切的反应。为什么？

因为他比我晚上一年，专业又要读五年，也就是说，我毕业后还得等三年他才毕业。当时已经大龄的我，哪敢想象这后果。

不得不放弃他，舍不得也不行。

他也没跟我通几封信，后来就不写了。这个很好理解，他那么优秀的男生，刚开始时因为还没认识别的女生，因此，与我联系。可是用不了多久，他还不被别的女生抢走啊。

那以后，我们就没有联系过。

讲真，以后我还向我那医生亲戚打听过他的情况，但我那亲戚不肯透露过多。

我到现在还在想，他现在在哪里呢，什么样子呢？

当然，他可能不再记得我。毕竟我们之间没有多深的交集。而我记住他，是因为我曾经真的被他吸引。

这就是所谓的无缘吧！上天把那么一个我欣赏的人放到我面前，可是我却不敢去接住。

## 有缘无分

他是离我最近的人。

我们大学考在一个班，又因我们来自同一个县，是班上唯一的老乡。

我因为复习年龄偏大，而他也不小了，只比我小一岁。

他应该也是我喜欢的那一类型，长相清秀，性格文静。是的，他就是现在看起来，仍然一副略感害羞的神情。

应该讲，在当时的那条件下，简直就是老天把我们俩安排在一块儿了。就好比让我们两个来了个面对面，然后说：剩下的就看你们的了！

我们两个，却都面面相觑，然后，时间到了，各自走了。

最初的时候，班上的同学都有意撮合我们。老乡呀，条件又相当，那还不是理所当然的一对。

在同学们的张罗下，他请我去看电影（当然，有男同学、女同学陪着），可我却当着大家的面，偏偏要把买票的钱给他，这不明摆着是拒绝吗？

其实我心里是想和他交往的，但当时有两层顾虑在心。一层是，他家比较富裕，而我家穷，会不会因此被瞧不起呢？另一层是，我年龄比较大了，他会不会又嫌弃我呢？

而他似乎也不是太积极的，后来知道，原来他考上之前，家里给定下了一门亲。对方还是亲戚家的女儿，可能觉得因为这层关系，不好回了人家。否则，他岂不成了陈世美，一考上大学，就把人家给抛弃了！

但我们却又都彼此一会儿要走近对方，一会儿又拉开距离。像是两块对撞的皮球，碰到了，又分开。

因为他是班长啊，成绩好，我有时都故意向他请教学习的事，就为了接近他。而他也不遗余力地帮我，希望与我走近。

他与别的女同学都能自由随意相处，可与我相处时，就有些不自然了。我其实也是。

有次春节回家，我们到车站时没买到票，他就提出走另外的路线，送我回家。我却没同意，其实是怕他看到我家的穷样。而他，肯定又理解成是对他的拒绝吧，这样，关系又远了一层。

大二暑假时，他曾写信，说他们那地儿漂亮，邀请我到他们家去玩，这其实也是希望建立更近的关系的缘故吧。当时，我其实也有点动心，可是我妈却不同意，大概是觉得我一个女孩，去到男同学家，有些不自爱吧。

暑假后开学，他似乎一身轻松地可以跟我相处了。我这才从同学那边听到，暑假他终于把那份"亲戚亲"给退了，原来是终于下了决心，放下了负担，放着胆儿来跟我谈了，怪不得他暑假可以邀请我呢。

但是我看到了他轻松了的身影，却没看到他立即的行动，大概他已经适应了原先我们之间的节奏，以为反正接下来开始相处就行了。偏在这时，一个高一个年级的老乡，开始约我出去看电影。

说起来，大概缘分天定。我怀着同样惴惴不安的心情与这个老乡出去看电影，却在无意中把顾虑说出来了，结果，他一点也不在乎，于是，我就很轻松地和他相处了。

而当他发现我和另一个老乡成了一对时，明显地显露出失落。

虽然我进入恋爱期后，人是很开心幸福的。但骨子里，大概对没能与他恋爱是耿耿于怀的，也感到遗憾吧。以至毕业与他分开时，竟然觉得有些留恋，并且在他的留言本上写了一段类似于将来与他的另一位有姐妹情之类的露骨的话。

写这样的留言，现在想来难为情得叫人恨不得跳楼。

再后来，我们同学聚会，包括每每想到他，我仍然有淡淡的失落感。

但所谓有缘无分吧，我曾经与他那么近，两个人也有心，却最初彼此有障碍，等障碍消除了时，我却已经和另一人确立了恋爱关系。

有缘无分，只有这样了！

## 少年有点狂

当我回忆青春岁月时，有一个人，不会完全跳过，也有一些记忆的碎片会浮上来。

我们高二开始同学，还是高三呢，真是模糊不清了。这个人给我的印象很特别，有些特立独行，还有些标新立异。

那时，农村的学生都很淳朴，多是素简的衣饰，特别是男生，夏天的时候，基本上就穿白衬衫，偶尔带点极小可以忽略不见的小暗花的，就非常时尚了。而他，却常穿着鲜艳的格子衬衫，还带副墨镜。

他作文写得不错。那时的班主任不到三十岁，是数学老师，却是个文学及书法爱好者。于是，常亲自在教室后面整面墙上出"墙报"。内容全是老师用毛笔书写的。一般每次四幅大白纸，每期上面都有班上同学优秀的作文。记得当时最频繁"见报"的就数我和他了。

平时也没觉得他对我有所注意，我当然也没对他有特别的注意。某种程度上，反倒觉得他好像没有把我们放在眼里似的，一副鹤立鸡群，对同学们傲然不屑的神情。

但就在猝不及防间，他却做了一件让我大吃一惊的事。

一次课间，就要上课了，同学们都坐在教室里，他突然从前排同学和课桌间的通道挤过来，众目睽睽之下，把一本非常漂亮的紫色布面日记本放到我面前，然后目空一切地返身就走。

我则在同学们的哄笑声中莫名地翻开本子，见第一页上他抄了一首长诗。

揣着小鹿乱撞的一颗心，好不容易熬到下课，老师一走出教室，我就把日记本还给了他。他给了我一个惊讶，我给了他一个尴尬。

然后，他并未就此吓得保持沉默，相反，老是要找我。而我，则总是避而不见。他则仿佛展开了围追堵截。吓得我出行时，都要叫上女同学同行。就是这样，他仍跟在后面叫我的名字。声音倒是压得低低的。

不得安宁，又心生害怕，我把这事告诉了一位老师，也是他的长辈亲戚。然后，他被亲戚狠狠地训了一顿。当时老师宿舍紧靠我们的教室，因此，他的狼狈都被同学们看到了。

他不再找我了，但我心头的担忧并没有随之消失，因为我感觉到了他的恼羞成怒，我更怕他报复我。

这已经是高三下学期的事情。果然，当我们毕业了，各自收拾了行囊云散时，他再次堵在了我回家的路上。

幸好，后来有一位老师恰好也骑着自行车上来，给我解了围。那位老师一直送我到家。

暑假里，他给我写了几封信，说着他将来的志向，痴人梦呓般说要成为什么样的人。我心想，他真狂妄，这怎么可能呢。

然后，终于不再有联系。

若干年后，我们虽然知道彼此在何处，同学间也有聚会，但一直没有单独联系过，也没有谁再提起当年那些事，大概都忘了。

但有一点让我惊奇的是，现在的他，真的成了他信中所说的那种人。

## 愿共你，拥有纯美的回忆

　　写这个人，心情比较复杂，只怕会中断了写不下去呢，也或者，写写，写写，那文字中的意思就转了几转，不在一个旋律上了。

　　对他没有一见钟情！

　　但他这个人行为有时比较独特，甚至觉得"怪"，倒是有些留下鲜明的印象。

　　和他认识时，他是大二，我是大一。

　　一次，老乡聚会，篝火江边。大家在学校集中出发，一群人，夜色中，暗弱的校园路灯光下，组织者在进行"搭配"，确保有自行车的、没自行车的可以一齐到达。

　　这时，有位老乡就跟他开玩笑，让他带某个女生。他一听，脸色严峻，拎起车头一转，就走掉了。

　　哈，给我感觉，这个人好像不善于与女生打交道。

　　可是过几天，却听到了他与某个老乡的恋爱故事。

　　当然，老乡中，高年级的，肯定也有几对恋爱的，但别人好似都

"正常"，相互谈的是同学，也没有什么特别的传闻。

唯独他不同。

首先，那对象不是同学，也不是大学生，而是校办厂的一名女工。当然，也与我们是老乡。

奇就奇在，据说，一年级寒假时，那女工住院，他陪在医院，都没回家。

而现在，那女工却与厂里另一位男工正火热交往中。

而这个夜晚，那女工也在一行往江边而去的老乡队伍中。在那个秋风轻拂的江边，她唱了一支《驿动的心》，不知这其中，可曾暗通款曲，唯有他知道了。

这之后，也有个别老乡，意欲与我走近。会叫上另一位男老乡，再约请另一位女老乡，四个人一起去看电影。印象中，有位"小聪明的"，会把另两位的票买在一起，把他与我的买在一起。

当然，也有为了打发时间，约了几个老乡一起去看电影的，并不是为了谈恋爱。

他属于后一种。

但某天却发现，赴他的约时，男生只他一个，而女生也只我一个。

这真不是他平时的风格啊，一个寡言讷语、对女生似乎没什么兴趣的人，竟然也玩了一出"心计"？

当然，我不讨厌他。相反，过去，偶尔见他对别的女生有殷勤行为时，似乎还微微地嫉妒过。

这么说，想起一件事。

在我们老乡集中活动中，还有一位，也不是在校生，而是在此间开理发店的"老板娘"。他似乎也可以放松地与她走近。在一次老乡春天的聚会活动中，他把公园里一枝开满梅花的树枝整体折下来送给她。

我那暗生的妒忌，就是这一刻从心头上细细地滑过的。

回头看，他似乎对在校女生没意思（或不敢表达？），而只对校外女子有想法。

因此，单独与他坐在电影院里，直到电影结束了，我也没能想明白是怎么一回事。

但我们就这样开始交往了。

之后，他告诉我，为了给我写情书，他一个星期，打着手电筒，在宿舍前的走廊上，趴在窗台上写了撕，撕了写，最后写成了一封。

那信中，有一句，既老套、可笑，可也经久不衰，直击人心。"我要用我宽阔的胸膛为你抵挡风雨！"

发现我俩交往，老乡们显得很惊讶。从大家流露出的信息判断，似乎是觉得他与那个校办女工还"情未了"。

单纯又不知情的我，对这事倒不是很敏感。只是有两位老乡就对此很关心了。一位是与我宿舍同楼层的老乡，她意味深长地暗示着他与校办女工的往日故事。

但我，好像没什么清晰的概念。

另一个就是那位校办女工了。她似乎变得紧张起来，特地把我约了过去，住到她宿舍，讲他给她送画、相处的点滴，可是我除了有细微的不安外，倒没什么强烈的感觉。

大概没亲身经历过，因此没切实感受。也大概不是很在乎他，还没想着要和他发展成什么样。

说实在的，他根本不是我心中确立的恋爱对象的样子，某种程度上还相反。

我喜欢的人，应该是肤色白净的，而他，肤色偏黑。我喜欢的人，应该是玉树临风书生样，而他，长相魁梧。我喜欢的人，应该是聪明柔韧的，而他似乎有些强悍了。

我们的第一次正式约会，甚至还出现了"不祥"事件。他在校门外不远处的车行给自行车充气，结果，错用汽车充气管，只听"啪"的一声车胎爆了，当时，我的心就往下一沉，冷着脸，要返回学校。

一路走，他显得一副做错事的样子，由此我又不免心生同情，因此，倒没有就此散伙。后来，我们转坐到灯火通明、却少有学生的阶梯教室里，闲聊了一会儿，对他的心情也渐渐回了温。

一次，我和班上要好的女生，走在校园路上，他正好也和几个男生迎面而来。他笑着主动与我们打招呼，并对我同学说："老乡的好友，也是我们的好友。"我一下子觉得，呀，这人也会说幽默话啊。

对他的印象分上扬了一个点。

又有一回，在另一所高校读书的高中好友过来，当我向她介绍他时，高中好友说："他长得不要太好看啊！"

我不免认真打量起他来。

此后，随着与他相处的日渐加深，不知不觉中，他取代了我心中原先的恋爱对象的模板，我的审美观被他彻底颠覆了。

这或许就是缘分吧，渐渐地你就能接受一个人，下意识地已经把他作为自己的伴侣，而不是一时的好奇，也不是一时的热情，而是达到了一种相契的程度。

真正检验是否有感情的，怕还是最常见的方法了。那个终究没有能够拦住我们交往的校办女工，又在我们当中出现了。

时间已经到了我们大学生涯的最后一年，第一学期的期末，我们正全身心地投入到考试的复习中。

这个时候，已经去了上海一段时间的那位女工，回来了，是顺便来看看，还是旧情难忘又返回，我就不得而知。反正是，她联系了他。

他去见她。我坐立不安，根本无法看进去书。于是，我与一同在图书馆复习的女生，聊起这件事。她倒干脆，"你一点也不用担心，她根本没法跟你比。她工人，你大学生"。

哈，谁知道两个人在一起，到底因为什么，怎么说起来的是这些外在的条件呢？当然，那时候的大学生很值得骄傲，代表着社会地位和素质层次。

还好，那女的又走了。她在我心底刮起的不安之风也很快消逝。

但是理想的，真希望他与她未曾有过这段交集。更理想的，我希望从未经历这一段经历的一丝一毫。因为这以后，会成为我生活中不好的一段记忆。

所以一个人，确立的生活伴侣，最好彼此的记忆是纯净的，没有掺入什么干扰的尘粒。

## 办公室里的憨小子

  与他共事的第一天，我便觉得，哇，终于遇着了自己心中理想的男生了！
  怎么说呢？这人不内向，也不外向、不冷漠，也不热情似火，与他在一起的分分秒秒，那所有的感觉，就两字：舒适。
  谁与谁能够相遇，又会发生什么故事，谁能预期呢？我根本想不到会有天，和他在一个办公室工作。
  他五年大学，学的医学专业。毕业后就进了老家所在的县医院，做一名医生。就他这性格，随遇而安的一个人，到哪儿都笑嘻嘻的，因此，在医院工作期间，无论是同事，还是医患，都喜欢他，按理，他完全可以在这个小县城，成家，一辈子就这么生活下去。可是就因一起简单的事件，他离开了县医院。
  他一个要好的高中同学，和他一样，大学毕业后，在县中学担任一名老师。当时，这已经是很不容易的了，这哥们的老爸老妈在当地县政府是干部，动用了特殊的关系，他才进的学校，是正式在编的老师。可是，这小子，心气比较高，小小的县城根本装不下他的志向。于是，他欲报考市委办公室工作人员岗位。他自己去考就罢了吧，偏是要拉上兄弟给他垫背，要陪他一起考。

他是个好脾气的，哥们一说，便说，行，考就考吧。可是考哪个部门呢？哥们说，信访局有个岗位，你看怎么样。行啊。于是，两个人的命运小船一起向市级机关启航了。

他这人，就这么马马虎虎地陪考，笔试、面试、体检，对他来说，轻轻松松，像玩一样。结果是无心插柳柳成荫，最后他真的考上了。所以啊，辛苦学了五年的医学专业，辛苦考到了的医生执业资格，都被这一陪考给一笔抹掉了，他竟然走上了与所学专业风马牛不相及的岗位。

于是，我和他成了同事。

他整天乐呵呵的，好像所有的工作都是好玩的事情似的，从不见他叫苦，或感到为难。有时，我也问他，把过去所学专业、所从事的工作丢了，是不是觉得可惜啊。

"呵呵，没有啊，现在工作不是也挺好的吗？"他摸摸头，一脸敦厚朴实样，真是看了叫人舒服。

我们这个处室，七个人，就我们两个年龄最小，也就我们两个一个未娶、一个未嫁。其他人，孩子最小的也十岁了，因此，我们两个自然成了处里最被使唤的对象。而他二十八岁，比我又大两岁。没多久，真正被使唤的其实就只剩下他一个了。

他却整天好像有使不完的青春能量，不仅其他人交他的任务，乐于去完成，就是我偷偷转嫁给他的工作，他也一样乐颠乐颠地去做，就没见他有一丝的抱怨。

就冲他这性格，说实在的，我不免心想，谁要做了他老婆，真是有福了。

过去一家养女百家求，这话，在机关里，要倒过来说了。机关男生少，女生多，没谈对象的男生，那是国宝，一般很快就被抢个骨头不剩。何况，他一米八三的身高，圆脸大眼睛的标配帅哥。

不久，给他提亲的人就排成了长队了。

就是我的闺蜜一边假意要我"近水楼台先得月"，一边又想暗渡陈仓地跟我说："要是不是你的菜，就给我介绍啊！"

讲真，虽然我们没有捅破那层窗户纸，确立恋爱关系，但平日相处还是挺默契的啦。

工作方面是没得说，就是平时，他对我的照顾，也是大大咧咧中见细心。比如，这大热天的中午吧，他会主动开车送我回家了，又会问，"下午要不去接你？"

连处室里那位四十五岁的张姐都说，你俩看起来就像很亲昵的一对儿哩。其实也不是这样了。

如果避开他的性格，张姐说的是对的，可是知道了他性格的人，就明白，他对谁都这样了。

他，只不过觉得对同事就应该这样。

因为他脾气好啊。

反正，他没有表示要与我谈朋友的意思。

别人，给他介绍的对象，他会去跟人家见面。而我，也不停地与亲戚朋友介绍的对象相亲。

因此，我们之间又多了一个话题。那就是，闲暇时，可以聊各自相亲的故事。

## 我们的 101 次相亲

现在，女孩子动不动就容易剩下来，流行的说法还是"越优秀的越容易剩下来"。理由是，女的挑啊。

所以这年头，家有女儿的父母就着急了。男生大学毕业了，会再考研究生，或者出国。反正，不忙就业。"这年头，本科文凭算个毛线啊！""有条件的，谁家不出国留学啊！""海归派那才叫神气。"

可对女生要求就不一样了，一毕业就让赶紧工作。读研究生？出来了，对象都找不着！

也是啊，女生的年龄好像是速生的，男生这个时候则是慢生长的，反正不用担心。女生今天看着还是妙龄小女生，明天就成大龄女青年了。感觉像是被女巫诅咒过似的，一觉醒来"娇娇女"变成"人人嫌"了。

所以我从工作的第一天起，爸妈就天天关注我交男朋友的事，把七大姑八大爷，就连他们幼儿园的同学都动员起来给我介绍对象。那紧张的状态，不亚于应对一场世界大战。

于是，奉了父母大人的命，我是天天去相亲，弄到最后一提到相亲就要吐了。相亲故事都可以编一部百科全书。可是真命天子还是没"相"来。

我是无所谓了，心里头对结不结婚，甚至都没什么想法。也或者，一个人生活反倒好，天天过得自由自在的，干吗非要找个人来，打破自己原有的生活格局啊。

可是爸妈非要天灵灵地灵灵地把他们的宝贝女儿嫁出去，才算人生圆满。

我这厢被逼着相亲，越相越愁。可憨小子那边是一个一个女孩子如同节日里挂起来的红灯笼，一串一串的等他来挑。

可也是邪门了，任何事儿都随意的憨小子，相亲上竟然也不顺。问题还就出在他这性格上，我认为是千好万好的脾性，那些姑娘们，与他小一接触，就觉得这人不求上进，整天过得嘻嘻呵呵的，没什么个性和人生志向啊。

所以我们俩相亲的心情不同，结局却也差不离。

我那无计可施的老爸老妈，突然知道了我有这么个同事，纳闷了，踏破铁鞋无觅处，得来全不费功夫，这丫头相亲总不成功，原来是身边有现成人选啊！

我亲爱的父母大人，你们不要那么乐观，好么。要是我们两个可以谈，还要等到这已经同事了一年多以后？

"你们不是处得很好吗？我可是听你们办公室的张姐说了"。

唉，根本两码事，你们别用你们那时的眼光看我们好么，像我跟憨小子这样子的"像恋人偏不是恋人"的现在都这样了。

我和憨小子之所以提都没提过，能不能作为男女朋友来相处，是有原因的。这憨小子，什么事上都随和，但偶尔也有梗头的时候。

这不，他一来，单位也有好事人要把我俩捏到一块儿，可憨小子就说了，一个单位的不谈。

为啥？

原来，这话是他老爸告诫他的。他老爸、老妈就是一个单位的。老爸说，小子，你谈谁都可以，千万别谈同一个单位的，否则，你一辈子的每一天都没有自由，二十四小时有人盯着你呢。

哈哈，够恐怖的！所以憨小子觉得他老爸这话绝对是真理，再随和，这事儿上容不得半点让步。

憨小子很讲义气，见我天天被困在父母大人的愁城里，就比他自己被困着还要着急，开始张罗着要"挽救"我于"剩女"之歧途。这次，把他那位哥们给我牵线过来。

我们已经相过亲，彼此印象还不错，已经约了再试着处处看。

而投桃报李，我把我那位一开始叫我"让菜"的闺蜜也介绍给他了。

我们俩的相亲路还挺同步的，这不，他们似乎也有了进一步相处的意向。

第三辑　写给幸福牵手的你

## 我听过的最实在的新娘感言

参加侄儿婚礼，仪式进行到新郎新娘相互致语时，新娘的感言让我印象深刻。

就两句话，却胜过千言万语。

新娘的第一句话，表达对能够认识新郎的感激之情。言起便声哽咽，虽未说谢谢二字，却让现场观礼的嘉宾都感受到了新娘要表达的感谢之意：

"认识你真好！"

第二句话，新娘继续以哽咽得几乎难以为继的声音说道：

"以后生活请多关照，谢谢！"

说罢，更加地激动，哽咽不止。

感染得我也泪水滚滚。参加了很多场婚礼，这还是我第一次因感动而落泪。

多实在的感言！感谢遇见你，以后请多关照！

还有什么话比这两句更经典。

遇见你，我很幸运！由衷地告诉你，欣赏你，认可你，你是我最理想的人生伴侣。

执子之手已是不易，但今后要一直紧紧地抓住彼此的手，则更不易。所以以后生活，请多关照！

请多关照，意味着我们一起向前。正如新郎所讲，吸引他的是新娘身上的许多传统的美好的品性，同时，新娘的上进，也带动了他一起追求进步。今后的生活中，还是需要两个人的共同进步，小日子才会越过越与时代合拍，越过越红红火火。

请多关照，意味着，当我遇到困难时，你会在一旁给我鼓劲，支持我不气馁，不沮丧，不把困难看得重，能够走过各种曲折奔大道。

请多关照，意味着，以后生活中，如果有不同意见。争执时，你会让着我。不会把小事情吵大。而只会就问题解决问题，没有原则的事情上，求大同，存小异。甚至以我的意见为尊。

请多关照，意味着，以后我无论做什么，你都会给我以包容，更多的给我以肯定和点赞，让我一直觉得自己很棒。而不是做对方的差评师，让对方越来越觉得自己好像一无是处。

请多关照，意味着，我为你做什么，你都怀着感恩的心，知道我的付出，也因感受到我的付出而心生幸福感。

请多关照，意味着，我们永远不会忘记，最初相遇的惊喜，欣赏对方的欣慰。一直记得，遇到的是世上最对的那个人。

记得曾经看过一句话，好的感情，就是相互捧场。

请多关照，就是以后我们是携手前行的两个，扶持共进的两个。

始终记着对方是生命里最好的人。

我们两人执手，从此世上又多了一对佳偶天成！

## 别害怕，爱情在来的路上

### 1

晚上，母女两个在宾馆里。这个夏天，秦紫依请了公休假，陪女儿出来，看看外面的世界。秋后，女儿将升入高中，再不可能轻松出来旅游了。

见女儿林小菁冲过淋浴出来。秦紫依问："今天看什么节目？"

暑假以来，女儿暂时从繁重的学业中解放出来，便一头扎进了电视剧里。

"妈妈，今天我们不看电视了。"秦紫依很讶异，直怀疑自己是不是听错了。

"我想听听爸妈的故事。"林小菁甜甜地腻过来，一边晃晃那明净的额头，一边狡黠地笑着，一对星眸如两颗亮闪闪的黑葡萄。

女儿遗传了秦紫依和林培杰的优点，不经意间，已出落成亭亭玉立的小美人了，清新俏丽得如同六月初的菡萏。

"爸妈能有什么故事！"秦紫依嗔笑着说，"还是陪你看电视吧。"

"嗯，那就说说妈妈是怎么认识爸爸的。"

女儿怎么会这么执拗呢？看一眼女儿那新浴后粉嘟嘟的桃花小脸蛋，秦紫依暗暗笑了，看来，女儿长大了，小心脏里已悄悄播种小秘密啦。

一个念头忽然在她意识里升腾开来，有些话题，也是到了和女儿交流的时候了。

"我听人说，初恋，是最后的眷恋，妈妈，爸爸是你的初恋吗？"

秦紫依浅浅一笑，摇摇头，"妈妈的初恋被最好的朋友给偷了。"

对着那双瞪得溜溜圆的黑葡萄，她又继续道："幸好被偷走，要不，哪能遇上你爸，又哪会有小可爱你啦。"

女儿的无心相问，十五年前那段曲折的恋歌岁月，一下子被勾回到秦紫依眼前。

## 2

周日中午。二〇八女工宿舍里，只剩下秦紫依和李媚娟两个人在。

从食堂吃完午饭回来，秦紫依习惯性地沏上一杯咖啡，李媚娟则躺到床上，翻起一本《上海服饰》杂志。

八月的阳光，照得户外一片明晃晃。从宿舍后那片小树林里，传来蝉鸣一片。

去年差不多这个时候，住进宿舍的八名二十岁出头的女孩，一年下来，有七个谈了恋爱，只落下李媚娟一个花待蝶来。

恋爱后的女孩有五人陆续住到男友家中。现在，宿舍里只剩下秦紫依、李媚娟、刘静静三人。

落单的李媚娟自然是要留下的。

刘静静男友单位离此很远，两人都是外地人，没钱去租房子，只得各住单位里，到了周日，才双双走出宿舍鹊会。

秦紫依男友张进兵，家倒是在附近。张进兵也曾提出让她住过去，但父母身为中学老师，家教严得很，根本不许她这么做。

## 3

秦紫依用小汤匙搅拌着咖啡，正准备美美地啜饮一口，突然一阵急促的咳嗽。"呀！"……秦紫依吓得叫出声来。

"怎么了？"李媚娟闻声，探出床沿，急声询问。

"咳出血来了，不知咋的。"

李媚娟看到秦紫依脸色苍白，满是惊慌。

……

接到李媚娟的电话，张进兵赶了过来，三人手忙脚乱地往医院赶去。

## 4

秦紫依、李媚娟、张进兵，三人是大学专科班同学，毕业那年通过人才市场一起到了A市，就职于一家机械集团有限公司。该公司远离市区，坐落在与郊区邻接的乡村。

秦紫依来自江南小镇，长相秀丽，性情柔婉。李媚娟来自北方农村，妩媚大方，热情开朗。而张进兵，则是土生土长的A市人，家就在单位旁边，父母以种卖蔬菜为营生。

大学前两年，秦紫依和李媚娟形影不离。大三时，张进兵介入进来，秦紫依这个时候要分点时间约会了，但秦紫依和李媚娟两人依然很密切。他们也常常会三个人一起。进公司后，秦紫依到张进兵家中吃饭次数倒不少,有时,李媚娟也受邀一起去。

"还是小李长得俊。"尽管多数人都认为秦紫依漂亮些,但张进兵的母亲似乎更认可李媚娟。

这也难怪,农村人,有几个喜欢纤细的女孩,"像个林黛玉,中看不中用。"他们多看好长得结实的姑娘,"身高膀圆把干活"。

## 5

秦紫依住院十几天后,又回老家休养了一月有余。

再回到宿舍,秦紫依觉得氛围似乎和以前不太一样,许多疑问不时困惑着她。

先是李媚娟调到另一个班组,不再和她一个班了。再是还搬到了别的宿舍。又是调班又是搬家,这么大的动静,此前,却没听她提起半个字,为什么呢?

"那个宿舍空了出来,我搬进去就可以一人独有了。班是车间主任调的,在哪个班都一样,我无所谓了。"李媚娟解释,"为了不扰你养病,就先没告诉你。"这么说,秦紫依觉得好像倒也可以理解。

但有一点秦紫依想不通。李媚娟和她不如以前亲密了,态度变得若即若离起来。而张进兵,明明知道她已经回来上班,却一直没来看她,说是有事走不开。

本来就话不多的刘静静更安静了,除了上班,就是看书,基本不与秦紫依搭话,好像在有意回避着秦紫依。

班组里那些人,见着秦紫依时,也似躲躲闪闪的,有三两个还偷偷在"咬耳朵"。

这样不明就里真不舒服,像是雾霾天气一样,叫人心里堵得慌。秦紫依暗暗思忖,得想办法弄个清楚。刘静静住一个宿舍,或许可以先从

085

她那儿打开迷局。

秦紫依还没有机会向刘静静探问，突遇的一件事，却让她更是如坠云雾。

## 6

周末的晚上。早早在食堂吃过晚饭后，秦紫依一个人，沿着宿舍后树林里的小路散步。

九月底的天气，凉气渐重。秦紫依在浅紫色的连衣裙外，罩了一件薄薄的米黄色针织衫。

刘静静到男友那去了。李媚娟说去邻单位找老乡，张进兵则说赴亲戚家生日宴会。

身居外乡，亲密的人各忙各事。孤单单一个人，一份浓浓的冷清袭上心头，秦紫依拢了拢外套，继续向前，不知不觉越走越远。

快要走出小树林，向那条通向不远处村庄的大路时，在暮色里，两个熟悉的身影突然撞入眼帘，张进兵和李媚娟，两个人手牵着手，正背对着秦紫依的方向……

秦紫依匆匆返回宿舍。这是怎么一回事？两个人的背影挨得那么近，看起来俨然是一对热恋中的人！

## 7

这天上午，李媚娟在宿舍里洗衣服。面前放两只面盆，一只淡绿色，一只浅紫色。衣服浸泡在绿盆子里，洗好拧干放到紫色盆子里，然后到宿舍前面的公用水池那里汰洗。

调班后这段时间，李媚娟和秦紫依错开了上班时间，彼此基本遇不到一块。李媚娟觉得这样避免了见面的尴尬。可是纸包不住火，这事儿，早晚会浮出水面，那时，会是什么样的情形呢？

李媚娟手中洗着衣服，脑中快速地转着这些事情。

自己是从什么时候开始喜欢上张进兵的呢？在秦紫依和张进兵确立恋爱关系之前，自己并没有注意上张进兵，可是随着三个人经常相处，张进兵便日益进入自己的视线里，直至最后，慢慢地住到心里来。

面对大学里其他男生的追求，以及工作后，不少人给她介绍的对象，她总是找不到感觉。

张进兵虽说和自己一样，也生长在农村，但可能因他家在城郊的缘故，却长得像城里人一般清秀，一双眼睛笑时特别好看，像是两弯新月。

起初，张进兵和秦紫依两个频繁地约会，时间久了以后，便开始邀请她一道活动。看电影，去登山，野炊，甚至到张进兵家吃饭。初时，李媚娟还有些当"灯泡"的感觉，可渐渐地，性格活泼的她反倒有成了主角的趋势。

这与秦紫依与她亲密无间有很大关系，但更主要的因素是张进兵性格优柔。或许是性情反差越大的人更易相互吸引，三人同行日久之后，张进兵似乎更喜欢跟她在一起，与秦紫依倒日渐疏离起来。

本来张进兵的父母就不喜欢秦紫依，知道秦紫依得病后，更是明确提出要张进兵断了与秦紫依的交往，天天逼着张进兵邀请她去他家。

孝顺父母的张进兵是进退两难。那段时间，张进兵每遇着她，便诉说他心中的苦闷。

## 8

秦紫依躺床上，不吃不喝不上班，已经三天了。

她怎么也想不明白，张进兵竟会抛弃她。平时看上去像只小鹿般温驯的张进兵，竟然在她生病期间，断绝了和她的恋爱关系。

最不能原谅的是李媚娟，我当她如亲姐妹一般，她竟然抢了我男友，且还这么神速，仿佛等不及要紧抓良机似的。

男友和最亲的闺蜜，合起来蒙骗我，是从什么时候开始的呢？

第四天，父母突然来了。后来秦紫依知道，原来是不爱说话的刘静静背着她打的电话。

父母虽然是老师，文质彬彬，可是舐犊情深，看见自己的爱女受此打击，如花的容颜顷刻间憔悴，整个人瘦了一大圈，本来就体质纤弱，这下更似风一吹就会飘走的纸人了，父母心疼不已。

"这丫头这么忍着，我们可要把那两个不像话的东西狠狠教训一下。"母亲恨恨地向父亲说着。

"别去了吧，说了又有什么用，改变不了什么。"躺了四天，心情略有转弯的秦紫依劝阻着母亲。

"不能饶了那两个东西。"母亲激愤地说道，"尤其是李媚娟，就是藏在你身边的炸弹。"

父母在陪了秦紫依七八天后，看秦紫依似乎渐渐好起来，又学校里再难续假，就只得回去了。

此间，在秦紫依的劝说下，父母终究没有去找张进兵和李媚娟。

## 9

"斯可忍，孰不可忍！妈妈，你不该阻止外公外婆去教训他们的。"

林小菁贝齿紧咬，粉拳举在颊边晃晃，好像要是那两人在身边，她的小拳头就会挥过去似的。

"遇到这类事，沉默是最好的办法。"

……

"我还要感谢他们俩哩！"

"感谢？"林小菁伸手摸摸秦紫依的额头。"不烫啊！"

秦紫依推开林小菁的手，甜蜜的笑容在眼角边绽开。"你知道吗？妈妈后来发现，原来有那么多好小伙子哩，哪一个都比张进兵强，直到最好的，你爸爸的出现。"

"爸爸是真帅，我同学都夸哩。妈妈，快说，你是被爸爸的帅给电到了？"

"不仅仅是帅，你爸，怎么说呢？比帅更帅！"

秦紫依沉浸到美好的往事里，整个人仿佛被层层幸福的光晕包裹住。

## 10

十二月底，经刘静静男友牵线，秦紫依新认识了一个人。叶振强，A市某政府机关办公室文字秘书。

叶振强父母在 A 市同一所高校任教。气质儒雅的叶振强和秦紫依两人很是投缘。

如果拿张进兵和叶振强两个比较，叶振强长相更俊，工作更体面，家境更优越。

身边人开始祝福秦紫依。"真是因祸得福呀，这个男友可比那个强多了！"

秦紫依心底也偷偷地美，看来，昨日那一页翻过去了，伤痕已经愈合。可是好事多磨。两个月后，这道旧伤，却再度被撕开。

## 11

阳春三月，宿舍后的小树林披上了一层鹅茸新绿。门前的李树杏树上也打满了花骨朵儿。秦紫依突然意识到，叶振强好久不来了，不止十天了吧？打电话也不接，整个人就这么失联了。

这天晚上，刘静静陪着秦紫依，两人来到了叶振强家。秦紫依想当面问问，到底发生什么了？

叶振强不在家。他父母礼貌地接待了她们两个。并告诉她俩说，叶振强出差了，明天将回来，到时让他联系她们。

第二天晚上，叶振强果然来了。说有事要和秦紫依单独谈谈，请刘静静回避五分钟。

刘静静到附近小卖部转了约半小时，回到宿舍一看，叶振强已经走了，秦紫依一个人坐在床沿上，怔怔地发着呆。

"咋说的？"

秦紫依苦着脸，"结束了！"

"怎么会？"

"有人告诉他，说我得了肺结核。"

"什么，肺结核？不就是支气管炎嘛！谁这么缺德，瞎说呢！"

"由他去吧。"秦紫依无力地对着刘静静笑笑，缓慢地，几乎是一个字一个字地说道，"没——事——儿。"

刘静静发现，经历过上段风雨，秦紫依免疫力提升了，这次竟然没有被打倒。

她一边为她惋惜，一边为他抱屈，一边又替她暗暗高兴。

"最好的总在最后才会来的。"她又安慰秦紫依一句。

## 12

"妈妈，你也真够背的。为什么总是你落水呀？"林小菁嘟起小嘴。"爸爸怎么还不来英雄救美呀？"

"你姑姑来了。"

"啊？"林小菁下意识寻找起来。"在哪儿？"又忽然悟过来。
这时，她听到秦紫依笑着说："你爸爸派你姑姑来了。"

## 13

四月中旬，周一的中午。李花杏花竞相绽放，宿舍前成了一片粉的白的花海。

有两个女孩突然造访秦紫依。一个是秦紫依高中同桌林培露，另一个是陪她一起过来的同事。

原来林培露去年也来到了Ａ市，在市区一家化纤厂上班。上周日回趟老家，从其他同学那儿才听说秦紫依也在此，这不，今天中午便激动地找来了。

相逢在他乡，两个人自是欢欣无比。从闲谈中，秦紫依得知，林培露的哥哥林培杰也在此城，在市内一所高校任教。

不久，由林培露介绍，秦紫依和林培杰相识了。初次在林培杰面前，秦紫依感觉仿佛一道和煦的光向她照过来。是的，林培杰给人暖暖的感觉，不仅长得英俊，更处处透显出沉稳的气度来。

秦紫依还有个感觉，以前，张进兵也好，叶振强也好，都给人还只是孩子的感觉，而见到了林培杰，秦紫依忽然悟到，原来，二十三四岁的年纪，代表的是可以担起一片天的大人。

## 14

"妈妈，那这次又有人去爸爸面前说是非了吗？"林小菁高兴地一会儿坐到秦紫依身边，一会儿又蹦到她自己的床上。

"有啊，历史总是一再地重演。"秦紫依释然一笑说，"不过，这回呀，妈妈没受到任何惊扰，倒是你姑姑被吓得慌了。"

"关姑姑什么事呀？"

"有人把流言吹到了你姑姑耳中，你姑姑觉得是她把妈妈介绍给爸爸的，对不起你爸呀。"

"那姑姑赶紧向爸爸负荆请罪了？"

"嗯，"秦紫依灿然一笑。"你爸定性可大了，他只淡淡地对你姑姑说，'我知道了，你不用担心，这事由我来处理。'"

"爸爸来问你了，是吧？"

"没，你爸压根儿就没提。还是后来你姑姑说起来，我才知曾有这回事。"

"哇，爸爸好酷！那你问爸爸了吗？"

"问了，你爸说，"秦紫依模仿着林培杰的声音，"我说，我的眼里只有你，你的健康和漂亮。"

"嘻嘻，看妈妈嘚瑟的！"

"那是当然的啦。"

"那两个人现在怎么样了？"

"他们成一家人了。"

"妈妈，假如你现在遇到那两个人，是不是要绕着走啊？"

"不必呀，幸好他们俩走到一起，现在看来，他们两个也更合适，而我眼中，张进兵跟你爸没得比啦。"

"哈哈，他们俩反倒成全了爸爸妈妈。"

"是啊，人的一生中，会遇到各种打击，有的甚至来自最亲密的朋友。"

秦紫依头脑中浮现出曾经遇到的形形色色的挫折和烦恼……她摇了摇头，像是要把这些都甩开。然后似是对林小菁，又似是自言自语道：

"人啊，无论遇到什么不走运的事儿，都用不着为一时一隅的得失而痛苦。许多的不幸，只是幸福正向你走来的足音。"

## 一半的脸色

艾小枝一进家门就发现气氛不对。怎么这么安静呢？那人明明说在家的呀？

她望向卧室的方向，也许人在卧室里看电视吧。那人有这习惯，一到家，三个动作，很连贯，很麻利：进卧室，开空调，开电视。对了，还有最后一个动作，拿上遥控器，坐到床上去。

艾小枝也讨厌他这懒散习性，一副吊车都吊不起来的样子。有时，她也幻想，到了家，有他热情地招呼，甚至有香喷喷的饭菜摆在了桌上等她。可是现实一再地告诉她，这画风，做做梦是可以的，当真，就要不得了。

李明岩在家是幺儿，大姐明月比他大六岁，二姐明珠大他四岁，重男轻女的家庭，他被宠坏了，自小就以大老爷自居，婚后，自然还是这副德行。

艾小枝也认了。不过，心里头毕竟还是会有些失落感。她家就这么个独生女，因此，也是泡在蜜罐里长大的，哪里想到，婚后，她就由小公主变成了保姆呢。

这种命运还是不可逆转的。李明岩身后，那是有着好几股力量在撑着他，原生家庭的、朋友的。

艾小枝好女不吃眼前亏，想要改变他无疑是想拿鸡蛋砸碎石头。初时，艾小枝也试了试，结果发现，除了吵架、生气，没任何效果。于是，干脆从一开始，就投降。

"蹬、蹬、蹬"，楼梯那传来下楼的声音。夹杂着趿着拖鞋的"嗒、嗒、嗒"声。原来，明岩在阁楼外平台上吸烟的。

"你回来啦？"这话可不是明岩问候小枝的，而是小枝问候明岩的。

小枝脸上堆满了讨好的笑。明岩则面无表情地走向了卧室。

小枝心里委屈，"我上辈子欠你的啦！"。明知不公平，她还是跟到卧室问："晚饭想吃什么？"

"随便！"

艾小枝蔫蔫地走向厨房，虽然没情没绪，可是日子要过啊。总不能一家子冷锅冷灶闷声不响，那还以为是吵了架呢。

也不是每天都这样了，但不少时候会这样。

明明两个人有说有笑，日子会好过些，家里会多些欢乐。这是多大的难事吗？可人的脾气就是怪。明岩就喜欢常常绷起脸来，好像艾小枝得罪他了，惹他生气了。

你就不会笑吗？整天面瘫似的。艾小枝在心里暗暗咒骂着明岩。

转念她又开始生起自己的气来，我自己脾气也怪，有气也不明里发泄，每每都只在心里嘀咕嘀咕。

也不是艾小枝不想和明岩争吵，她就觉得他那冷漠阴森把她的精气神都消耗掉了，在他的强大的气场里她被困得动弹不得。

有些人，天生就不会享受人生，仿佛全世界都让他不如意似的。然后，他自己被吸在冷漠的黑洞里，还让别人的阳光也照不进来。

这不，虽然艾小枝弄着晚饭，可是心情却一点一点地往下沉。

到了晚饭后，和往常一样，他们的戏码开始反演了。

明岩渐渐活跃起来，心情明朗了。这个时候，小枝却绷着个脸来，感觉自己笑不出来。

这个时候，明岩开始跟艾小枝议论起他看的电视来，而艾小枝却听不进去。她心情莫名地抑郁，觉得好像什么都不顺心似的，自己的世界被冰封住了一般。

"你怎么了？"发现小枝好像不在状态，明岩关切地问道。

"还不都是拜你所赐！"小枝还是在心底嘀咕。

是啊，她依然不想与明岩挑明了说，因为那样，等她心情好转了，估计明岩又掉进了黑洞，何必要这样恶性循环呢。

于是，她勉强地笑着说，"没事！"

这么说过后，她心里有种沉重感渐渐松动的感觉。

是啊，人是脆弱的，总有各种事情会让心里不好受。夫妇是干什么的呢？不就是相互帮助自己度过心情低潮期吗？

两情相悦，固然美好，但天天这样，也不大可能，也会乏味。倒是时晴时雨的两个人，似乎让生活多了些滋味呢。

## 那最幸福最美丽的时刻

对一个女人来说，最幸福而又最美丽的时光，便是和命中注定的那个他牵手的那一时刻，来自所有人的爱，父母的、亲戚的、朋友的、同学的和同事的祝福，伴随着噼噼啪啪的鞭炮声和五彩缤纷的烟花一同绽放。幸福在漂亮的脸庞上，在波光流溢的眼眸中闪耀。我见证了许多这样的时刻，如一朵又一朵花的盛开。

### 爱，飞越十七万千米重洋

你曾无数次问我，是哪一个瞬间，让我决定牵你的手一生。我一直没有回答你，因为，这不只是一个瞬间，而是无数个时刻。在你我第一次相识的时候，在我第一次去看你的时候，在每一次分别时你泪水在眼眶里打转的时候，在第一次看见你认认真真做饭菜的时候，在每次我实验失败后你给我鼓励的时候……

这是他和她的婚礼上他对她的表白，深深浓浓的情意打动了座中所有的宾客，他们的爱情故事，让现场的来宾的眼睛湿润。他们异地相恋四年，一个在北方读大学，一个在南方读大学。正如那首《慢火车》中唱的：慢火车，火车慢，我要爬过爱情这座山。爱就像一座高高的山，要想爬过要有耐心，不简单，只要有你真心的相伴。

男孩一次又一次地坐着慢火车从北方到南方看望女孩，用绵绵的爱谱写了四年异地之恋的篇章，就在他俩双双研究生毕业可以相聚的时刻，男孩获得了一个去国外读博的机会，女孩最终选择了支持男孩远赴重洋读书，从而他们的"火车爱情"绵延成了跨越十七万千米的"飞机爱情"。

空间越来越远了，而两颗心却更近了。爱的坚守中他们的婚礼在所有来宾的祝福声中，一幕又一幕，浪漫地展开。

## 爱，在温和的笑容里永恒

她从小就是一个聪明伶俐的女孩，从父亲牵着她的小手送她进幼儿园的那一天起，她就一直是学校里的佼佼者，直到成为一名名校毕业女博士。可是，她的真命天子却不急不忙，姗姗来迟。他可以不急，是个顽皮的孩子，还在风景绮丽的来路上逗留，而她的父亲却等不急了，父亲多么希望宝贝女儿早日牵到他的手，然后他就可以放心地"了手背"。

父亲四处托人给女孩介绍对象，而当他终于出现的时候，父亲又忙着为他们张罗婚事，四处喜告亲朋好友。终于，父亲把她的手送到了他的手上，欣慰地、温暖地把她交给了他。就在她和他幸福地推开小家的门时，父亲却笑着倒下了。

其实此前很久，父亲已经查出肺癌，且是晚期，但父亲为了她的幸福，总是淡淡地说，不要紧，有点炎症。父亲要让微笑成为女儿一生幸福的永恒祝福。

想起许景淳的歌《爸妈谢谢你》：爸爸谢谢你，我的依靠就是你，让我无忧无虑，哪怕路上多崎岖。爸爸谢谢你，我心中充满感激，这世界变美丽，只因为有了你！

## 爱，穿过平凡的岁月抵达幸福

我常常做一个噩梦。在梦里，我一个人孤单地走着，身边的姐妹一个个凤凰飞上枝头，成为幸福的妻子。而我，还没有合适的对象，父母也在为我着急……梦醒来，心仍慌跳不已。定定神，抚心而想，原来我已结婚，我的儿子都已经大了，一颗心才放下来。

是的，先是为了考上小中专，我初中时就复读。而高中后，为了高考，又复读两年。最美的青春在考试中流逝！当我终于工作时，却成了老大不小的剩女。同龄姐妹早已娃娃都会走路了，而我连男朋友都没有。这在农村是不正常的。就在我四顾茫然，忧心忡忡的时候，他却及时雨般出现了。

我结婚了，婚礼在家中举行，而且只在我家中举行。他家就他一个人过来，拎着一大一小两条鱼过来。其实我婚礼也就是请我这头的亲戚吃顿饭，向亲戚证明一下，我嫁出去了。如果现在来想，这婚礼是有点简陋了，可那时我心里是高兴的，一点没有顾及别的什么。就是我一个亲戚笑着说我是"老姑娘"时，我都能笑嘻嘻地承认。

因为幸福在心里开了花，一切的景象都美，一切的声音都是祝福的声音。

婚后的生活是平淡的，琐碎的，他也不那么可爱了，有时甚至有点讨厌。更有时候，他甚至在外应酬，完全忽略了我的存在。可每当烦恼生气的时候，便想起在我孤单至极，以为今生嫁不出去的时候，是他的出现，让我成为一个平凡但幸福的女人。所以我是感激他的，骨子里对他有爱意。

因此，那个我爸妈给我办的单方面的婚礼，也是世界上最幸福的婚礼。因为这个婚礼，我也曾是最美丽而最幸福的新娘。

## 世界上最美妙的声音

儿子到外地读大学后，家中就剩下我们两口子。

他每天早晨要比我早起，因为，他要赶七点十五分的班车，而我，可以到八点才悠然地从家中出发。

所以每天早晨，六点三十分，他便会起床。而我，往往还在香甜的美梦里。

还由于他每天早出晚归，所以我们家最丰盛的一餐总在晚上。每到傍晚下班，我便途经菜场买新鲜的菜，到家后他洗、切，我烧煮，两个人在厨房里幸福地忙碌着。

都烧好了后，端到有电视的房间里，一边吃菜，他一边小酌几杯，我们一边看电视。小日子，倒也寻常里，几分闲情让人醉。

完了，因一点小酒下了肚，他往往变得慵懒起来。这时，他便腆着肚子，一边站起来准备到阳台上去吸烟，一边对我说："你把碗筷放水池子里啊，我明天早晨洗。"

对了，不知从何时起，我们家约定，洗菜涮锅的事归他负责。这方面，我手怕进水，尤其是冬天，看见水，心里好像就冷得打战了。他有时也说，"你开热水吧。"

但我还是坚持由他来洗。我更喜欢两个人一起在厨房里忙碌的情形，一起分担厨房里的活。对于两个一天见不到面的人，也只有晚上这点时间能够让人体会到家的感觉。

于是，很多个早晨，我还躺在床上，便听到从厨房里传过来拧开水龙头，放水洗锅碗的声音，心里特别舒服。踏实啊，这才是家的温馨所在。

今天早上，他起来时，我也紧跟着起来了。然后，由于大家各自忙碌，他可能认为我不知道他又洗碗了。于是，早饭时，他便一边吃一边表功似的说："碗我已经洗了！"未言之意：你知道吗？

我笑着回他道："我知道，我听到声音的，那是世界上最美妙的声音！"

他也笑了。

幸福有时就是这么简单！

## 完美老公的 n 条标准

  在年轻的时候 / 如果你爱上了一个人 / 请你 / 请你一定要温柔地对待他 不管你们相爱的时间有多长 / 若能始终温柔地对待 / 那么 所有的时刻 / 都将是一种无瑕的美丽

——席慕蓉《无悔的青春》

### 第 1 条：和她结婚吧，幸福需要一个开始

  今天是个喜日子，小白和小米领证了。从此，他俩成为大千世界中芸芸两口子中的一对。
  小白、小米，是他俩私下的昵称。
  小白，大名练正南，因长得白净，小米便给他封了这个雅称。
  小米，长得可不白，其实，她肤色如传说中永远不会显老的老米色。因此，投桃报李，小白便送她"小米"这个雅称。她的本尊也是三字：郑思文。

小白和小米，两人相识没什么奇特的。大学同学，老乡聚会上接触多了，然后，他单独叫她去看了场电影，便确立了恋爱关系。

　　别看两人一个"小白"，一个"小米"，那在人堆里，颜值都算得上中上游水准。尤其小白，越长还越往上游靠过去了。

　　难怪小米的同学都说她是冲着小白的帅去的。小米也不否认，她确是外貌协会的。尤其因自个儿不到一米六的娇小身材，潜意识中，只有身高一米七五以上的男生才入得了她的法眼。

　　今天是公元一九九八年十二月二十八日，小白二十五岁，小米二十六岁。

　　他俩的新婚小屋，租住在小米单位附近，一间十四平方米的农家厨房隔出的一小间。门朝西。家当，一台北京牌电视，一张上下两层的铁床。床，还是小白住公司集体宿舍时用的，房东用运蔬菜的三轮车就给他们拉了回来。

　　别看小米还大一岁，但在高大帅气的小白身边，她就是依人小鸟一只。

　　小白也不辜负了他一身的好力气，大事小事，都他去操办。小米觉得他办事能力特强，也就很享受被他宠着、护着，像个小孩的感觉，内心里满是快乐和幸福感。

　　他俩的婚礼很简单。就请同城的同学，十一二人，小饭店里撮了一顿。虽是如此，小米还是买了一套粉红色套裙，描了眉，扑了粉，精心梳妆打扮了一番，毕竟这是一生中最美丽的日子。

　　小白也是一身簇新的黑色西装，还打了条领带（黑色缎底上，绣着一只只红色的小鳄鱼）。

　　就像童话故事里讲的一样，王子和公主结婚了，从此，他俩过上了幸福的生活。

## 第2条：女同学来了，我走开，一生要让她心安

婚后的生活是甜蜜的，小米不觉得自己二十六岁，倒似十六岁的公主，每天心里充满了喜悦。

小白的单位离他们的小窝较远，但他年轻，有的是朝气和充沛的精力，每天踏个自行车上班，一路幸福地来去。

对了，这自行车是凤凰牌的，还是他们上大学期间为了方便约会买的。小白用这辆车，载着小米去过电影院，也去过公园，还去过江边，山脚下。一辆自行车载过他俩恋爱的全部浪漫时光。

小米记得，有次傍晚，回校的路上，小米坐在前杠上，小白松了车把手，他俩惊呼着从大桥上冲下来，然后又哈哈地大笑。还有次，小白去给自行车充气。刚插上充气嘴，便听"砰"的一声，车胎爆了。随即便听到车行师傅的吼："谁叫你用汽车的充气嘴的！"

那时，小米想：冒险是件让人快乐的事。

下班回家的路上，小白会顺路买菜带回家。小白喜欢吃肉，因此，那时他们每天中午基本上都不会少了一道菜：炒肉丝。按照季节，轮番用各色蔬菜配。青椒配，韭菜配，大蒜配……

画面是这样的：小白在灶台上洗、切、烧，小米站一旁陪着说话，对小白进行指点品评。

房东家老奶奶，八十二岁了，清瘦瘦的小脚老太。就住在他俩隔壁的另一间小房子里。她常常在烧好饭后，依着小米"家"门框，一边看着小白烧菜，一边感叹："真勤快！"又看着小米小白一对亲昵幸福人，感叹："真好！"

晚上，他们就一起看看电视。小米有时还喜欢在一旁的小桌上，练练钢笔字。

一天就在这样的甜蜜安闲中过去。

他俩生活中的社交活动，就是与同学间的往来。因他俩是一个学校的，因此，同学也是共同的，彼此都认识。

去饭店聚会是极偶尔的事。多数是在家中买菜烧饭招待。

同学们基本上都结婚成家了，一对一对的。就剩下一两个待嫁或待娶的。

这其中，有位女生，名叫田馨，特别漂亮，高挑、颜如雪、大眼睛，性格活泼。比小米还小一岁。但却比小米高一个年级，与小白是同届的。

在小米上大学的第一年，就听老乡传言，似乎小白与田馨谈过恋爱。

小米不以为意。都是老乡，也许有时会一起活动，不一定就是男女朋友那样的关系。

但小米也发现一个不太妙的迹象，就是田馨好像特别喜欢逗留在她家，其他同学都走了，她往往不走，理由是，她一个人反正也没事。

小米听说，她也曾谈了两个男朋友的，有一个甚至都按乡下风俗订婚了，但不知什么原因，又掰了。

小米在这座城市里，有同学在这边相伴，她觉得挺开心的。但这天，她有点揪心了。

原来，中午几位同学在小米家聚餐后，陆续走了。而像以往一样，田馨留了下来，她说下午没班。巧就巧在，小白这天也没班，可小米却要上班。

把一对孤男寡女留在家中，小米心中一下子大度不起来了。再说，她本不是个大大咧咧、没心没肺的人。

到了班上，眼前总是晃动着田馨那一袭淡黄色连衣裙、露出雪白的胳膊的俏媚样儿。她有些坐立不安。没一会儿，便找个借口，请假溜回了家。

到家一看，咦，怎么田馨一个人在看电视？

"小白呢？"

"哦,你们刚走,他就跟我说,出去买包香烟,这不,还没回来。"

小米陪着田馨一边看电视,一边说话。田馨三句话里,总有两句是问到小白的。

半天过去了,小白也没回来。到了三四点的时候,田馨跟公交车回她自己单位了。

晚上,小白到家,给小米带了一件墨绿底小白花连衣裙,原来,他去逛了半天商场。

当小米问他怎么想起来去逛商场时,他说:"这不田馨在,我哪能在家里?在男女距离上,得分寸儿清,我可不要做让你感觉不安的事。"

小白又感叹,只是没办法让你知道,要是有部电话就好了。当时,装部电话要三千多元,是他俩月工资的十倍。因此,对他俩来说,这无疑是遥远的梦想。

甜蜜、安然,感激的感觉,齐向小米心头涌来。

没多久,小白张罗,给田馨介绍了个男朋友。是小白的同事,姓沈名华。有样有貌,城里有房,父母在乡下。沈华和田馨两个眼神一对上,便双双沦陷。

不久,田馨住到沈华的房子里去了。

## 第3条:可劲儿夸,让她觉得自己是世上最漂亮的

怀孕期间,宠溺升级,小米感觉自己由公主变身为太上皇了。小白的关怀,那是二十四小时无缝隙环绕。要喝水,转个身就捧上;要吃果子,分分钟递到眼前,新鲜欲滴,仿佛刚从树上摘下的。

一个周六的中午,住在附近的同事小吉,来到她家。小米让小吉看看,她新买的裤子美不美。

对着家中梳妆台的镜子,照着,照着,小吉不看小米的裤子,却看

起了她的肚子。

"哎，思文，你肚子咋好像尖的，你看，一点不像我，平平的。"

小米盯着镜中的自己，侧过身子。耶？真的。咋回事？一个念头掠过她的心头：莫非有宝宝了？

小米细想，这段时间，自己确实有些异常现象。

爱睡。总似特别困，早晨一般都起不了床。

爱吃包子。特别爱吃，有次一口气吃了六只。当时，还以为是平时不咋吃，偶尔吃才这样。记得小白在一旁见她狼吞虎咽，还说："小米，这么吃，你要变成一只大象了。"

嘴馋。见到房东家吃什么东西，就哈喇子直掉，总催着小白立刻就去买。

……

想起这些点滴，小米有些恍然大悟的感觉。

小白结束了值班，当天下午，就与小米直接去医院做了检查。确证了已经怀孕两月有余。

到下一个周末，小白带着小米，乘公交车，往老家去。小米、小白父母家离得近，这样，同一天，双方的父母都被告知了这个喜讯。

这以后，小米成了国宝，小白更加把她呵护到饭来张口，衣来伸手。

有时，小白要值夜班。为了不使小米一人在家孤单，她把母亲接过来，陪着小米。

小白的妈妈，虽然是农村妇女，但却烧得一手好菜。这个时候，小白也特别舍得花钱，把工资悉数交给他母亲，让小米想吃什么就买什么。

小米被照顾得白白胖胖。小白开玩笑说："小米，你现在也可以叫小白了。不，我是小白，你是大白。"

小白买回了育儿指南的书、买了一台录放机和胎教音乐的磁带，叮嘱小米，定时播放。"我们要培养一个小音乐家吗？"小米问。小白只顾乐的嘿嘿笑。

小米倒是泼辣，一点害喜的迹象也没有。她肚子里宝宝一天天地长大，她则一天天壮大。

有时，小米会担心，自己像头熊，会不会难看。这时，小白就会一边轻按她的肚子，一边蹲下身子，头贴在她的肚子上，说："宝宝，妈妈最漂亮，肚子越大越漂亮，是不是？"

怀胎十月，小米进了产房。是晚上八时进去的，到了第二天上午十时，诞下麟儿一对，一龙一凤。剖腹产。而这一夜，小白都在产房外的走廊上徘徊。双胞胎宝宝一落地，他兴奋地飞奔到街上，买了许多巧克力分给医生和护士。

他嘴笑得合不拢，一边推着小米和两个宝宝的产车，一边附着小米耳朵悄悄地说："老婆，你辛苦了，你辛苦了！你看，宝宝可漂亮了，和你一样漂亮！"

后来，好多次，小米每每嫌弃自己肚子上的疤痕时，小白都会抚着说："小米，这是你为我们家立大功的印记，我和宝宝都要感激你呢。"

小米觉得自己幸福上了天。

第4条：不仅是超级奶爸，还任何时候都站在她那一边

小白这段时间，如沐春风，心里注满了欢喜。每次下班，一想到小米和宝宝奇儿、妙儿在家，他便脚下似有神力，把那辆老自行车蹬的如飞。

奇儿、妙儿已经五个月大了。每天早晚，小白、小米，一人抱一个，一家四口出门散步。附近是大片大片的农田，他们便走在田间路上，欣赏农村风光。

不时遇到农人，相互也都熟悉，他们会停下农活，把奇儿、妙儿逗

107

弄一番。都说，一家有小孩，邻居家也会荒掉二亩田。此言不虚。

奇儿、妙儿特别聪明，不久，周边的一物一植，两个小家伙似乎都熟透了。想到哪儿，想看什么，小手一指，一家子便乐颠颠地奔过去。

家东面有条大河，南北方向。河面上有座石桥。小米小白经常带着奇儿、妙儿逛到那边。这天傍晚，又走上小石桥远眺河景。时值六月下旬，河面站满了荷叶。荷叶间，星星点点地，缀满了粉色的荷花。

照例，一群鸭子游过桥下。奇儿、妙儿每次都高兴得在爸爸妈妈怀里直蹦，身子扭来扭去，小脑袋随着鸭子的行踪，从桥的这边猛转向桥的那边。

多年后，小白、小米还会兴致勃勃地，回想起这一段时光，描述奇儿、妙儿两个一齐猛甩头的经典动作。

奇儿、妙儿吃米粉的时候，是他们一家最闹腾的时候。

双胞胎躺在小摇车里，小米端着碗，叫一声："奇儿、妙儿，吃啦。"奇儿、妙儿张开小嘴巴，小米左喂一勺奇儿，再右喂一勺妙儿。

有时，两个小家伙可不配合。总有一个，或者两个都一样，滴溜着圆圆的黑眼睛，舞着、蹬着胖嘟嘟的小手小脚，贪玩着，不肯张开小嘴巴。这时，小米和小白便配合着，一个在小车前逗小家伙，一个伺机"偷袭"。小家伙被逗得笑了，咧开小嘴巴的当口，小米便迅速喂进米粉糊糊。

现在想想，有点后怕，这方法其实不能用，万一呛着可咋办？

逗奇儿、妙儿的时候，办法多种多样了。最夸张的是，小白拿根树枝，像扮大神一样，在奇儿、妙儿前方跳着、舞着、喊着。可怜天下父母心，为了逗孩子，根本顾不得自身形象了。

小米一心扑在奇儿、妙儿身上，也顾不上自己的模样。过去特别爱美的她，现在，穿衣打扮一点也不问了。有时，衣服上还会沾上奶水的渍斑。

一次，回到奇儿、妙儿的爷爷奶奶家。在机关工作的爷爷爱面子，他委婉地对小白说，思文该添些新衣了。

知父莫如子。小白一听就知道爷爷的意思，那是嫌弃小米衣衫不得体。便立即回道，小米这样挺好的，衣服上都是奇儿、妙儿的香味，这才是做妈妈应有的样子。

小白一句"这才是做妈妈应有的样子"巩固了小米的家庭地位，使她以后一直倍受家人尊重。

是啊，在任何时候，小白总是站在小米一边。这一点，让小米的内心，始终溢满甜蜜，也是她始终感激、敬着小白的源头。

在小白这个大男人的呵护下，小米觉得，她像朵有人遮风挡雨的花儿，始终明艳着，幸福地开放着。而奇儿、妙儿也得以快乐地成长。

第5条：做个爱学习的老公，给她带起一个不断成长的家庭

小白特别好学。这种广学博览、孜孜求知的精神，影响着小米，影响着他们一家，无形中，打造了一个学习型家庭。而这样的家庭祥瑞多。

他每晚都会坚持看书。小米也跟着这般，后来，两个小家伙也有样学样，在爸妈学习的时候，捧着"孩子书"安静地在一旁看。晚上，家，仿佛成了学校的晚自习教室。

奇儿、妙儿长至五岁时，小白已经升任部门副经理。到外面参加学习培训的机会多了起来。只要有可能，小白便带着一家子去，借机让奇儿、妙儿出去见世面、长见识。

每个空闲的周末，一家子四口也必定拿出出行计划，并照单付诸实施。周边举办什么主题活动，都带着奇儿、妙儿奔赴过去参加。到了节假日的时候，则会一家子跑到较远的地方去。

始终在大自然中成长、见过"世面"的两个小家伙，显得比同龄的

孩子更显活泼、更善于与人交流，在各种场合和人群面前，敢于表现自己。妙儿，见着大人就拽着"拉家常"，巴拉巴拉，天南海北，能说上个半天不歇。奇儿虽然是个小子，但并不显闷，也能在众人面前掌控大局，与人交流，发表见解。

见着的人，都对两个小家伙啧啧称奇，感叹小白、小米教子有方，一个劲地向他们讨教育儿真经。

最让小米哭笑不得的是，每次到幼儿园去接一对宝贝时，总是等其他小朋友都走了，才能接到，有时，还要跑进教室才能接上，原来，妙儿正和老师在"聊天"呢。

人见人爱，花见花开。活泼，善于交流，跟谁都说得来的奇儿，妙儿，在让人惊奇之时，也让更多的人喜欢他们，逗俩小宝贝玩。

这倒让小白、小米有时不免担心，两个小家伙虽是聪明机灵，万一被拐了可糟了。兄妹俩毕竟才五岁，还没到可以玩《汤姆历险记》的岁数，会斗不了坏人，找不着家的。

谁说的，担忧如咒。不久，妙儿还真惹出事来了。

## 第6条：意外面前一句"没事的！"给她安稳的一生

这日是周六。一家四口去城北公园玩。

奇儿好动、爱冒险，对蹦蹦床、过山车、碰碰船感兴趣。妙儿则要坐旋转木马。

玩小鸭游船时，小白与妙儿一船，小米与奇儿一船，两船比赛，看谁先游河一圈。毕竟小伙子力气大，最后是母子俩赢得了比赛。

到动物园看时，奇儿对老虎、黑熊感兴趣。问小白："爸爸，老虎为什么关在笼子里，黑熊却养在大坑里？"

妙儿则对各种鸟儿兴奋不已。笼中一只白孔雀，一只绿孔雀。白孔雀懒洋洋地走动着，绿孔雀则开出光彩熠熠的屏，得意地转动着身子，让人们观赏并赞美。

妈妈逗妙儿，看，孔雀要跟你比漂亮呢！

最后，来到孔雀园。园内养有二十来只孔雀。小白、小米坐在假山坡上，奇儿、妙儿忙着给孔雀喂玉米粒。

一个上午都玩得很愉快，临近中午，准备回家。这时，妙儿闹着要买一只孔雀带走。

这小东西，异想天开，园里孔雀供游客玩赏的，根本不外卖的，好么。

乖宝宝不乖了，回家时，一路上都闷闷不乐。

他们是叫的一辆三轮车。下了三轮车，还得转几个小巷子才能到租房里。到家，小白、小米刚想坐下来歇歇，一转身，呀，妙儿呢？

小白立即安慰小米："别急，你带奇儿在家，我出去找找。"

小米焦急地在家等着，一个小时后，小白疲惫地回来了，没找到。小米见状，更是忧心忡忡。

小白说："小米，你不要担心，附近我都找遍了，我回来问问奇儿，看他们兄妹俩平时都喜欢到哪里玩的，可有我想不到的地方。"

小米焦急地问奇儿。奇儿仰起虎虎的脑袋，忽闪着乌溜溜的大眼睛，想了想，说："爸爸妈妈，妙儿一定是去要孔雀了。"

要孔雀？城北公园到家有七八里地儿呀！一个五岁的小丫头，怎么可能？

管不了那么多，小白赶紧往公园赶去。

小米心神不安，牵着奇儿的手，在巷口焦急地张望。这是她娘儿俩第十次在巷口走来走去了。

忽然，奇儿欢快地叫道。"爸爸！妙儿！"

"在哪里找到的？"小米喜极而泣。

"孔雀园。"小白拍拍抱过妙儿的小米说。

原来,妙儿念念不忘要买孔雀,在下三轮车的时候,趁爸妈、奇儿一个不注意,转身就跑了。

到了街头,她学爸妈的样子,叫了一辆三轮车,说要去公园。到了公园门口,跟着一对年轻夫妇后面,顺利地进了园里。

这回有惊无险的失踪,多年后,小米、小白还会多次提起,唏嘘不已,想想就觉后怕。

这次事件,也让小米体会到一种幸福,就是遇到事儿时,小白总是不停地对她说:"没事,有我,你不用担心,一定会找到的!"

据心理学家实验得出结论,一个人担心的坏的状况,有百分之九十是不会发生的。有小白在,小米觉得心里一百个踏实安稳。

那句话怎么说来着?天塌下来,有大个儿撑着。

## 第7条:一仆三主,为你们开辟一片无风无雨的晴空

夏天过去,奇儿和妙儿上幼儿园。小白负责接送两个小家伙上放学。

本来小米主动请缨,因为她的单位离学校更近。

但小白说,路上情况复杂,天天接送够辛苦的,还是由他来。并且说,以后家中类似的"大事"都由他小白来。

小米很感激,幸遇小白。处处担当,把她呵护得像个小公主似的。

小米实在觉得过意不去,对小白说:"家中什么事情你都抢着干,现在孩子都这么大了,我再不是'大小姐'了。"

小白笑着说:"没事,你在我心中是永远的'小公主',过去我们家一位小公主,有了奇儿和妙儿,我们家就有了一位王子、两位'小公主'了。"

"那你是我们仨的仆人吗?"

"很荣幸做你们娘儿仨的仆人，不，我是王！幸运的、幸福的王！"

"爸爸王！爸爸王！"听小白这么说，奇儿、妙儿便绕前绕后，笑着，叫着，闹着，喊着。

从那以后，小米有时就叫小白为"王"或"我家的王"。

你敬我一尺，我敬你一丈。"无所事事"的小米，也就尽力为"王"和两个小宝贝整一个干净漂亮的家。

小白不仅是"大事主"，还是"难事主""烦事主"，他有句口头禅："没事，别担心，天大的事儿，有我小白！"

跟着小白这人过日子，小米觉得踏实、安然，满满的小幸福。

因为奇儿、妙儿，"大事""烦事""难事"还真是不断。

除了孩子上学一路护着，小米也要一路护着。单位里有大烦恼、小烦恼，都回来对着小白喋喋不休地倾诉。

小白修养好，别看在单位里是个"官"，且职位越做越高，（到奇儿、妙儿初中毕业时，小白已经是公司的副总了。他们公司是市里最大的上市公司。）但任小米怎么抱怨，怎么絮叨，他都能心平气和。

小米经小白一番倾听、四两拨千斤的点化后，也往往觉得原来觉得天大的事，突然变得算不上事儿了。

每每回想起来，小白从来没为什么事儿急躁上火过，单位的事儿没见他带回家，小米的事儿，他总是或静静地听，或条分缕析，或给一个熊抱，或幽默地赞美与鼓励，轻轻化解，让小米始终身处无忧无烦中。

平和的心态，让小米在单位里工作也顺心，和同事相处也愉快，职级晋升也没落下。虽然只做了个处长，但在机关里，作为女性，她已经不错了。

小米，觉得处处顺心。但小白长期对她的呵护，让她产生了很强的依赖性。温室的花朵一样，不够独立和坚强的她，步入四十岁后，忽然变得对小白患得患失起来。

113

## 第8条：我从小就发誓，绝不和亲爱的她吵架

冬日，礼拜天，上午。

小米、小白在家打扫卫生，这是他们家多年的习惯，每天小扫除，每周还大扫除一次。

他俩都持一种观念，一个整洁的家，有利于愉快的心情，有利于提高学习生活的效率。家整洁有序，心就不乱。

里里外外，收拾的一尘不染。

突然有两个人一前一后地来造访了。

田馨来了，脸上好像气呼呼的。不久沈华也到了，还光着个脚，穿着个棉拖鞋，着急慌忙的样子。

原来，两口子又吵架了。

田馨、沈华两个结婚后，因住得相距不太远，两家便经常往来走动。有啥子事儿，便也彼此都知道。

这天又是为啥吵架呢？

田馨断断续续地说了个大概。

原来，昨天晚上，他们的儿子去爷爷奶奶家度周末了。闲着没事的两口子便想着过一个浪漫的周末。于是，一起上街看电影。

电影散场，回家路上，一人骑一辆自行车。遇到一女子。沈华便搭话，聊着、聊着，知道了那女子家住他们邻近小区。

两个人聊得十分火热，田馨不存在似的，被晾在边上。当时，她心里就酸溜溜的，但夜色掩过了她挂不住的脸色。

到家后，她仍然一直闷闷不乐。沈华倒是沉浸在快乐中，忽略了她的不良情绪。

到了今日早晨，两口子终于为这事吵了起来。沈华就指责田馨小气、吃醋拈酸。

遇到这种情况，一般是拉到两边，小米劝田馨，小白劝沈华。

这不，只见小白对沈华说："兄弟，这就是你的不对了，吵什么啊？老婆在旁边，还搭别的女人。这是田馨会隐忍的，要是个泼辣的，当场和那女人打起来也说不准，那可是要让人家笑话的。"

这边小米又轻声地对田馨说："你看啊，他也就是大大咧咧的，没注意小节。不像你想的那么严重，你放心好了。"

那边房间里，小白又再说："兄弟，我知道你是个凡事不往心里去的人，但把老婆冷着，一个劲地和别的女人搭讪确实让她觉得不被尊重了，是不？别吵了，咱们男子汉么，道个歉比吵架更能解决问题。"

这边小米劝田馨："你看，每次吵架了，你前脚到我家，他后脚就赶过来了，说明你在他心里分量重着呢。有的大男人啊，和老婆吵架，他从来不去哄哄老婆，自己跑出去乐的多了，是不？"

两下一劝和，两个人心气儿渐消了。然后，小米、小白就留他俩在这边吃中饭。小白陪沈华弄两盅。

借着酒劲。沈华对小白说："兄弟，为啥你和思文从来就不吵架呀？"

小白还没回答，小米就抢着说了："我们家都是正南让着我，他常说，我在家是爸妈、兄弟的宝，做了他的女人，就是他的宝，要宠一辈子的。"

小白说："吵架也是一种方式，兄弟，你俩属于激情式的，感情越好，越是会恼。吵吵也是婚姻的一道菜。我吗？小时，我爸我妈经常吵架，每次见他们吵架，我就像淋在暴风雨中，又惊又怕。所以我就暗暗发誓：将来我结婚了，一辈子要宠着老婆，绝不和老婆吵架。"

小米又插话到："这是一个原因，关键还是他这人好，素质高。正南对我可有耐心了。从来我发火时，他总是一听二哄三夸四说理。就没见他当时和我怼过，我的不好情绪都被他给疏导掉了，有理没理，事后正南一说，我也就明白了。"

沈华说:"兄弟,以后还得向你学习。"

小白把他头一拍,笑着说:"兄弟,长点记性,每次都这么说,每次又吵得鸡飞狗跳的。悠着点,说两句就够了,别往激烈争吵上跑远了。"

沈华红着个脸,有些不好意思地说:"这不当时激动起来,就控制不住嘛。"

"有什么大事,只要不是原则的事,男人就让着点吧。千万别吵过了,过了,伤感情。"

江山易改,本性难移,常没有敬畏心,遇事由着性子,早晚会尝苦果。没想到,酒桌上的这番对话,以后还真一语成谶了。

## 第9条:事事随老婆,让她做个自信美丽的女人

小米心中,小白是"百变小白"。他是先生,也是师长,是朋友,有时,也是小孩。

小米希望他是什么角色时,他往往就是什么角色。小米不知道自己上世修了什么福,这辈子得小白这么个让她百般舒心适意的老公。

幸福有点过了头。

小白的这种"百变",用他的一句口头禅可以概括:"随你!"

对于小米的各类小想法、小愿望,小白总是顺着小米的意,她爱咋样便咋样,她咋样都是好的。

这就是"随你!"

这天,小米说,小白,我在网上看了件衣服。

买呀。

每次都是,当小米"购物狂"的经典话语一出口,小白都会立即这么说。

"哎,白天犹豫了下,觉得有点贵了。也不知道穿上好看不好看。"

"到商场去试穿下，不就知道好不好了。趁着现在奇儿、妙儿没下晚自习，我陪你去商场看看吧。"

衣服穿上身，小米在镜子里瞧瞧，又转过身子问小白："好看吗？"

"好看，最衬你肤色了。"

"好看"是小白给小米的口头禅。

"不行，经过一个夏天，晒得乌黑！"小米抱怨到。

"黑了也好看！"这也是小白的口头禅。反正，小米咋样，他都夸好看。小米有时也觉得奇怪，明明小白的好话是安慰的，未必是真的，但她听了，心里总是美滋滋的，很舒畅，自信心便稳稳地上升。

试过后，小米还打算回家上网再下单。但小白说，就在商场买吧，网上的万一不合适，你还得费事。

于是，小米美美地把衣服买下了。

他们回家时，从奇儿、妙儿学校前走。恰好下晚自习。于是，一家四口，小米坐在小白电瓶车后，奇儿妙儿一人一辆吉安特的自行车。奇儿的是银色，妙儿的是鸭蛋绿色。

两个小家伙也遗传了小白开朗、大气的性格，一路上，争相说着学校里的见闻趣事。晚风轻拂，笑语一路。

小米不觉意识到，时间过得真快呀。转眼间，一对宝贝已是高二学生了。奇儿越来越长成帅气的少年，妙儿越来越长成灵秀的美少女了。

到家后，手机上一个未接电话、一条短信，让小米的快乐心情像只纸折的鸟儿，没飞多远就跌落了。

原来是办公室主任打来的，短信也是他发来的。"打你电话你没接。局长让你明早八点二十到他办公室。"

小米拨回电话。

原来，是单位有个同事，在局长那儿告了她一状。

小米开始烦起来。

"不要紧，没多大的事，你就当领导叫你去吩咐工作一样！"

小白在一旁安慰道。

小米也知道自己有个爱纠结的毛病，遇到什么事儿，容易觉得天塌下来。

但小白遇事总是举重若轻，什么事儿到他那儿都是"没事！"好似风一吹，所有的难题便化作浮云飘散了。

小米想想也是，自己行得正，做得端，怕什么啊。明日上班再说吧。

果然，小白一安慰，她自己便想开了，心下变得轻松起来。

## 第10条：万花丛中过，片叶不沾身，要让她始终心里踏实

城市快速发展，歌舞升平，繁华世界，对于成功男人来说，处处是温柔的陷阱。

面对城市里林立的豪华会所，各种洗浴中心，K歌娱乐场地，小米一颗小小的心脏淡定不起来了。

尽管小白尽可能推掉各种应酬，能回家都回家。可是听说过各种异性按摩的小米，仍然担心自己仿佛置身"敌人"十面埋伏的包围中。

这不，担心什么，往往还会来什么。

这日，小米与一位工作在常州的同学通电话，对方无意中提及，一次他来找小白办事，几个人到歌厅唱歌，小白很受那些"公主"的欢迎哩。

小米一听，头皮都麻了。那场所，男人十个进去，十个沦陷，出来都不再是原来的人了。

这"天塌了"似的担忧，缘于听闺蜜杨叶经常讲的场面与情景。

杨叶单位常常要招待客商。有一次，客人中有位女性，单位就让杨叶陪同接待。结果，让她在娱乐场所的"西洋景"前，大开眼界。

"你不知道，简直叫你看不下去！"杨叶嫌恶地对小米说道。

晚上，酒足饭饱后，便再去享受"一条龙"的服务。

杨叶与另一个女同事实在坐不住，找个借口溜了出去。第二天，一个年轻点的同事悄悄对杨叶说，昨晚，她们走后，唱到三点多的时候，有两个客人领着各自的跳舞女孩走了。

想起杨叶说过的往事，小米心想，面对诱惑小白又怎么能独善其身哩？对小白依赖成习的小米，又对小白怎会放心呢！

小米自己也发现，她对小白出差、迟归已经颇多抱怨了。会常常去翻他的手机，每当有女声来电，她便会耳朵竖起来，心中的怀疑爆棚。

同学一句"练正南很受公主欢迎"，她就更觉坐立难安了。

这位男同学，和小米其实是同村的，也有些远亲，因此，两个人始终像家人一样，有话说话，不会藏着掖着。

于是，小米便试探地问，你在外有和小姐去开房吗？这同学倒老实，说，小姐没有，我是正经人。但和一位业务单位的女人开过。

那女人是业务单位的会计。一次业务单位经理安排她参加接待。他当时刚离婚，单身一人，便把她当着发展感情的对象去相处。后来发现，那女人也是为了钱，他便结束了和她的关系。

虽是如此，小米仍听得唏嘘不已。

然而不久，这个令小米忧心如焚的问题消失了。因为再遇见田馨，知道了一些事情，让她一颗中年女人焦虑心复归安然宁静。

## 第11条：纵然身处险地，也要为她确保全身而退

小米出差，参加省里组织的会议。地点在常州市。没想到，却遇到了田馨。

此时的田馨单身妹一个，已三年有余。她和沈华的战火终于停熄了，

119

但两个人也分了。

小米到宾馆报到，把行李送到客房后，晚饭还早，便拟出宾馆，看看周边风景，才进得宾馆大厅，却见田馨一身宾馆职业装束，正在与前台服务员说着什么呢。

两人偶遇，十分激动。沙发上坐下来，先聊一聊。

原来，田馨是这家宾馆的总监。

小米记得，田馨从原企业出去后，就到市国宾馆当服务员。她的漂亮、热情、聪慧，让她很快一路升任领班、大堂经理。

后来，沈华应聘到常州一家单位，她便也一起过来。到了这座南方城市，她更是如鱼得水，职业发展风生水起。

然而风流倜傥的沈华，到这边后，更比她如鱼得水，风生水起。事业有成的型男，更像人群里的一颗明星，光芒四射，魅力璀璨。

不久，梅开二度，与一位副市长家的千金，共圆鸳鸯梦。

会议结束之日，恰是周末，于是，小米逗留于此，要与田馨畅叙一番。田馨也竭诚地要带她好好地欣赏美景、品尝美食、领略这座城市的文化。

此间，心思颇深的小米，试探地与田馨议论起当下的情色世界。她认为，田馨在这个行业，应该更是见多不怪。

田馨倒真是和小米一样，认为目下一些男人人前人模人样，但背地里是狗也不如。

当白天一副端庄、高雅、沉静样子的田馨，此刻却换作激愤的表情时，小米突然意识到，一个被老公伤过的女人，她的心里应该更是布满了阴影。

"不过，你们家正南确实是真男人。"田馨由衷地慨叹道。

大概是去年，他正好住在我们宾馆。我把同城的同学叫来，大家欢聚后，去歌厅唱歌。我把我们这里最漂亮的小妹叫了几个去陪他们，别的男同学，一个个放浪形骸，你家正南却始终很正经。除了唱歌，和同学聊天，没有任何失态样。

小米听了，心中升起丝丝骄傲，也略略放些心。但她仍然嘴上假意道。"那是因为和你们在一起，他怕你们事后告诉我啊。"

田馨立即会意，知道小米对正南有了不信任。她说："思文，对你家正南你尽可放一百个心，他的确是个谦谦君子，我说件事你听听，你就知道了。"

原来，那晚田馨叫去陪同学的几个妹子中，有一个叫凌蜜儿的，也是淹城人，在淹城时就认识练正南，并且很是爱慕他，一度苦苦地追求过他。

还有这回事，小米听懵了，此前怎么没有一点点蛛丝马迹呢？

原来，凌蜜儿有个好姐妹，叫朱霞，在淹城做宾馆服务员。

凌蜜儿是一位中学教师，她虽然不齿朱霞的做法，但也不干涉。因此，她们俩仍然是常说知心话的好姐妹。

凌蜜儿常听朱霞说起，有一位叫正南的男的，和其他男人不同。别看朱霞周旋在各色男人之间，但内心里还是真正敬佩洁身自好的男人，对那些贪婪地渴望肉欲的男人，她也是不齿。唯独这个叫练正南的男人，她总是直呼其名，显得格外地敬重。

有一回，朱霞陪唱时，那日情绪正好不佳的凌蜜儿，就到她那边去玩。然后，认识了朱霞十分敬重的练正南。

果然，这个男人坐怀不乱，在那样的场合，没有丝毫的失礼之处。且趁歌乱、酒乱、现场一片乱之际，他走了。

正如朱霞所言，他每次都这样。

那以后，凌蜜儿想办法弄到了练正南的手机号，展开追求攻势。

始终没有得成。

她失望之余，丢了原来的工作，跑到这座城市来打工。

那次，又意外地遇着练正南。她心中的希望之火又再度燃起。

况且练正南孤身一人在陌生的城市。唱歌时她请他跳舞，动员别的妹子一起，希望猛灌他酒，散后，又到他房间里去……

但她再次失败了。

小米不由听得心中有些感动的泪花飞溅了。

回来后，小米问小白："这些事怎么没听你说过？"小白说："不值得提的事情。"小米又问："你怎么那么有定性？"

小白说："尊重啊，自尊，尊重你，相互尊重。人如果不懂得自尊和尊重另一半，那与动物有什么区别？"

小米再次感动得就差涕泪横流了。

## 第13条：抱抱她，让她做世上最有安全感的女人

尽管一次风波过去了。但小米自己觉得，自从进入四十五岁后，对情感，她的阴暗心理是越来越重。

这都源于看到的阴暗面太多了。

最让她信心倒塌的，是听了田馨说了她婚姻背后的种种伤害，她简直震惊了。

小米始终认为，田馨、沈华两口子，也就是吵吵闹闹而已，多数时候，还不是看她俩卿卿我我的样子。

其实根本不是这样。

沈华给人英俊、活泼、幽默、干练的印象。这样的人，一个家守不好吗？不但守不好，给田馨的伤害，也是外人难以想象的。

因为那两口子给人印象，总觉得沈华把田馨照顾得周周到到的。田馨温柔幸福样，沈华大方体贴样。过马路，你会看到沈华拉着田馨的手，在饭桌上，你会看到沈华细致地照顾她的感受。羡煞别的女人！老公就

是别人家的好啊!

可是谁能想到,沈华是个"家暴狂",又是个在外面搞了无数女人的花心大萝卜呢?不,听田馨说了后,觉得他简直是个人渣。

他总是一次又一次地迟归,甚至不归。深更半夜回到家,总一副醉眼迷离、走路趔趄的样子。田馨说不了两句抱怨的话,他便开始大打出手。

打歪了她的鼻梁骨,踢伤了脚踝骨,折伤了右手中指关节。那晚田馨把手给小米看,手指肿着,突出一块在外。田馨说,都一年多时间了,却还是不能碰,碰了就疼。

沈华又死爱面子。一次,打得田馨口鼻血直流,田馨要去医院看,沈华却死活拽着不让去。宁可她死掉,也不让外人看出是他打了她。

结婚十七年,田馨被他打了十七年。

有时回来,借着酒劲,对田馨拳打脚踢,把唾沫吐她脸上,对她不屑一顾,说外面好女人一抓一大把。

有时,直接拿香烟头烫田馨,抽着的香烟头,一下子就往田馨的脖子上扔去。

田馨一句话不合他心意,就抓小鸡般,拉倒,掐她脖子,扇耳光……

最糟糕的是,起初,田馨以为沈华只是会施暴,不会在外面有女人。因为他施过暴后,很快又与田馨和好。田馨在他转了一百八十度弯的态度面前,一次次心软,一次次原谅了他。

而他对待别的女人,总是一副略显害羞的样子,似乎也保持着距离,说起话来也谦谦君子样,似乎不会对别的女人染指。

当田馨无意中,发现沈华与一个女人在外开房,又再接二连三地发现后,回头再去看沈华的一举一动,突然发现,原来他一直在和别的女人乱搞。

早在八年前，就发现他有在当地开房的情况，问他，说是有客户来，酒多了，被客户拉过去住的。

晚上，一起在外吃饭，有女人电话突然打来，他解释说是推销房子的，或是诈骗电话。其实是歌厅或者浴城里的女人找他。

他换了百十个手机号码，说是为了与客户业务联系，怕别人窃听，其实是为了跟外面的女人联系。

他起初是个小工作人员时，还有些灰色收入，可当上副经理、经理后，却没有了。问他，便推说是行情不好，老板抠。

他几次偷偷办银行卡，又被田馨发现。他解释说，是有客户要往上面打钱。有次，他甚至让一朋友以朋友的名义，给他办了张卡，然后通过手机银行交易。

这些钱，都被他挥霍了。

不只这些，他还一次次从家中拿钱。有一次，一个月花了一万三千元，而当时，他是副经理，月工资收入只有五千多元。

他有一次两天花了八千元，在外未回，说是和老总一起去出差，他给垫支差旅费。其实是和情妇花天酒地去了。

他一次次出差，向田馨拿钱过去，然后花掉，有说是先垫支，以后报销了还；有说是被同事借去，等同事还了再拿回家。但总是再不见钱的影子。

就是这样一个人，在别人眼中，却是个能干，会呵护、体贴老婆的好男人。

而田馨根本想不到，他是这样花掉钱，他是这样一个人！

田馨知道这些真相后，一次次想离婚，可是涉及太多方面，让她下不了决心。这个婚姻，像是嵌在她身体内的一个肿瘤，留不得，割不得。

而那些女人，又不时地在她脑海中冒出，真像一把把利刃刺在她的心脏上。

有时是某个女人身高，有时是某个女人胖瘦，有时是某个女人年龄，有时是她出差住宾馆，有时是他和她出去吃烧烤，这些都能让她突然就想到他和这个年龄、这个身高、这样胖瘦的女人，以及他和那些女人去泡澡、去唱歌、去开房、玩到深夜去吃烧烤的情形……

她也不明白，在发现了沈华的这些乱七八糟的烂事后，沈华反倒像个没事人似的，痛苦的却只有她。

是啊，沈华反倒更有恃无恐了。

有时吵架时，沈华甚至拿他接触过的那些女人污辱她：某某胸比你大，身材比你匀称……倒成了他的资本了。

为什么他就没有受到丝毫的惩罚呢？如果是她田馨在外如此，又会是什么样的结局呢？

她觉得自己的心，被沈华用烧红的烙铁一次又一次地烙着，烙出一个又一个的破洞。洞口在糜烂、感染、蔓延、扩大……

小米听完田馨的故事，再回来，总对小白疑三惑四，心里揣鼓：男人不能只看表象啊，表面看，清正得很，只怕另一面，污秽不堪呢。

于是，小白再有应酬，她就不放心了，不停地打电话。连和高中同学聚会，她也拦着不让去。

其实，小白总是迁就她，不让去的场所，就不去。按理，她应该放心。偏偏不行，她心里的"不放心"，像藤萝一样，疯了地生长。

她这疑心病，折磨着她自己。就像一棵浑身是刺的仙人球，在她心里，越长越膨大。

她也知道，这么对待小白毫无道理。她也知道，这种感觉只一天天慢性煎熬着她自己。

痛苦不堪的是她自己！

她该如何走出这个阴暗的心理呢？

不久，小米心头的乌云散去了。

125

因为小白给建立了一项新的家规：每晚沟通半小时。

按理说，这两口子只要在一起，这沟通就存在，不在一起，沟通也存在。在一起，肯定要说话，不在一起，可以打电话。沟通其实一直都在。

问题不是这样的。

小白说，没有说出爱，不能叫沟通，充其量，叫有交集。

交集，路人相遇，目光的打量，是；一般关系的人遇见了，打个招呼，是；夫妻间吵架，也是。

真正的沟通必有示爱，且至少包含这样三个要素。

安慰。要拥抱对方，表示出亲昵，让对方觉得任何时候，都有个可以依靠的人。

赞扬。要多说对方优点。对方做的事情，要及时给予肯定和夸奖，这样，会不断地帮助对方建立自信心，从而让对方自我欣赏，保有乐观的心态。

懂得。双方推心置腹地交谈，说出欢喜，也说出困惑。这样，就不存在隔阂，没有误会。

小白总结了这样一套沟通理论，并且每日实践着。

自小米听了田馨那糟心的婚姻故事后，小白发现小米有些神经质，便在过去每晚的家庭会议半小时外，又新增一项家庭项目——两个人独处半小时。

小白、小米会在他们的卧室里，二人不看书，不看电视，而是谈心。小白总是先让小米说，小米实在没话说了，小白就跟她说。有时回忆两个人相识、相恋，及这么多年来一起的美好时光。有时，就各自说说一天中的好、不好的遭遇。有时，也说说彼此的愿望。每次，小白总不忘了换着花样夸夸小米，说着他多么珍爱小米，感谢小米让他感觉幸福。

没多久，小米就觉得，每日心中充满了安宁、踏实和满满的幸福。

每天都心头欢欢喜喜，见人就笑眯眯，看一切都那么美好，走路的脚步都是快乐而轻盈的。心情好，一切又都很顺溜，简直是要风得风，要雨得雨。当然，因为感觉幸福，小米其实觉得拥有了全世界的宝库，也就少了各种欲望，本身就减少了许多不必要的烦恼。如果说，她是一朵花，那么小白就是每天的阳光与细雨。

有时，小米也会问小白："你怎么对我那么好？你那么忙，还陪我那么多时间。"

小白笑着一把抱住小米，"这算什么，每天跟你在一起，才那么一点点时间。你想，二十四小时，除去上班，自己独处、吃饭睡觉的时间，每天花在你身上的时间我觉得还嫌少呐。"

有时，小白也会一本正经地说："其实老婆是你好！你看，你那么容易满足，我只陪了你那么一点点时间，你就对我感激不尽的样子。有许多男人，不懂女人所要的真的太少了，一句赞美，一个拥抱，一次宽慰，你们就幸福得跟什么似的，然后又把男人捧上了天。把家都照顾过去了。有不少男人不知道尊重女人，跟女人斤斤计较，甚至伤害女人，我觉得，那是没有长大的男人。"

每每想到这些，小米背地里就感动得幸福的泪花四溢。"我小米真幸运啊，这辈子有这个好老公，简直堪称完美！"

## 第14条：对岳父母更好，织一张幸福的网包围她

三月的周末，阳光明媚，油菜花飘香。

"小米，去外婆家吧？"

"好吧！"

于是，上路。两人开着车，一路赏春景，一路欢语闲聊。

自结婚以来，经常去看望双方父母，这一点上，小米和小白二人是

高度一致。

小白提的，经常是去外婆家。

起初，小米自然更多地也是想去外婆家，毕竟在爸妈家里生活二十多年，觉得自己的父母更亲些。

这点上，小米觉得小白很大气。自己就做不到先他父母，再自己父母。

其实，小白对自己的爸妈是非常孝顺的。

小米印象中，从他跟小白谈恋爱的第一天起，就是小白把父母当孩子般照顾，而同龄的许多男生那时还是父母供养呵护下的宝宝哩。

结婚后的头几年，去爷爷奶奶家多一点。因为工作上二人分身无术，把奇奇和妙妙送到了老家，由爷爷奶奶帮着照顾。

那时，几乎每个周末，小米、小白都是第一时间往家赶。

两家，应该说是三家。爷爷奶奶家，外公外婆家，小白小米的家，处在三角形的三个角上，而且都很远，相距二百里以外。

那时回家一趟可不容易，公交车班次少，又是定时定点的。所以，他们要赶到车站，要中途转车，转车时要候车，回趟老家，有时早晨出发，到晚上才能到。

想想那时，真不容易啊！

但每次一到家，奇奇、妙妙便摇摇摆摆地扑向二人怀中，圆圆的小脸上，闪烁着无比快乐的光芒，小米小白也就忘了一路的颠簸与劳顿之苦了。

也就是从那时开始，他俩养成了常回家看看的习惯。

虽然后来奇奇、妙妙上学了，回到了城里。但饮水思源，他两口子还是常常回家看看。初时带着孩子回去，现在孩子上大学了，去了外地，他们就两个人回家。

所以虽然在外工作二十年，他们始终没有离开父母的感觉。父母也没有他们身处外地的感觉。

到后来，都是小白主动提议，去外婆外公家，从不提去爷爷奶奶家。小米心里对他充满了感激，因此，自孩子上学后的"回家"，由开始的去外公外婆家多一些，到后来，小米都提前计划，嗯，这周去爷爷奶奶家，下次再去外公外婆家吧。

小米、小白却因为这份相互谦让，相互多替对方考虑，而心中满满地洋溢着幸福的感觉。

小米还有一个，常常让她觉得要感激小白的，便是小白对她的父母的好，更甚于她自己。

这也让她每每感受到幸福，被尊重，被宠着的喜悦。

平常，小白经常主动打电话问候外公外婆，农村里现在都长什么呀，你们现在都忙什么呀。季节变化了，也不忘关心叮嘱，天太热了，你们不要下田劳动。天冷了，你们要加衣服，别冻感冒了，空调要开……

诸如此类，不胜枚举。搞得外公外婆，有事打电话，都直接打给小白，好似比对小米更亲更信任了。

小米，自觉自己这点上，她比小白要逊得多。她这人性格内向，觉得跟公公婆婆还是有一定的距离的，尊敬有，但亲切度，好似书画时，墨里加水多了，有点淡。

但小白从未说过小米。"我如何对你爸妈的，你如何对我爸妈"，这类话在他俩之间没有说过，甚至在小米的印象中，小白从未在如何对待他爸妈上，对小米提一个字的要求。

相反，有时小米觉得，是不是什么方面做得不周到时，他还宽慰小米，然后还在他爸妈面前帮小米说话。老话说：会做媳妇两头瞒，不会做媳妇两头传。小米觉得，他们家那个"会做媳妇"的人是小白。

因此，自从他俩结婚以来，小米的爸妈是欢欢喜喜，见着、提到小白便抑制不住地笑逐颜开。而小米与小白的父母之间，也从未有过半点龃龉或违和感。

每次回外公外婆家，基本上是小白主动先打电话回去，告诉外公外婆。然后，又会买上许多东西，穿的、吃的、用的，带回去。有时，他实在忙得没空了，会反复叮嘱小米去置办。

"大前门香烟买两条带回去，外婆就只抽这个牌子，最好能买到软壳的。"

"外公昨天打电话时咳嗽，你买点药，再买点冰糖、梨子带回去。"

……

总是这么细致入微！

小白到了外公外婆家，立即变成个"大劳力"，家里家外，忙个不停。挖过田，锄过草，搭过瓜架，摘过青椒。外公外婆干什么，他就干什么。俨然就是个村夫，哪像个城里的老总！

烧饭时，不是厨师，就是烧火的。而且烧火时还居多，因为那活儿更脏，常常两手沾得乌黑，甚至被杂材刺破手。

他也是他爸妈的宝贝，在他们家长大的时候都没要这么做过，现在，反倒要干这许多的活。有时小米会对着小白，又敬重、又爱怜地开玩笑：女婿半子，做得要死。

有时，小米觉得过意不去，毕竟城里养尊处优惯了，在公司被服务惯了，怕小白受不了，便劝他，你歇着点。

小白便很豁达地笑着说："这些，都小 K 啦, no problem（没问题）！"

背地里，小米的妈妈常对小米说："小白这么好，前世修来的，你要对他好！你对你公公婆婆也要像小白对我们这样！"

当小米心怀感激地把这话告诉小白时，小白说："没什么，我对外公外婆好是应该的，因为是你的爸妈，我必须要更尊重！"

一个人的时候，想起小白这点点滴滴，小米都会感动得幸福得忍不住热泪盈眶。我小米何德何能，修来这么护我、重我的老公！

　　多说，夫妻是冤家，在一起难免磕磕碰碰，可是小白给小米带来的全是关心、体贴、呵护，他在小米身边，织成了一张幸福的网，把小米紧紧地包围在中央。

第四辑　写给带来不一样色彩的你

## 每一份遇见都有趣

下班,与同事李风一起跟电梯。我要到北边办事,想试探下有无顺车。便问他住哪儿,说是在水绿名苑,原来是靠近单位的一个小区,看来搭顺车的愿望落空了。

出了电梯,到得一楼平台,走下台阶,突见广场上停放的车中,有一辆车内的驾驶员在向李风招手,李风挥挥手中的文件袋向那车子走了过去。

哦,原来他有车的!那顺便让他送我一下,应该没问题。于是,我也跟着跑向车,一边跑,还一边招手,让车停下来。

那车看上去很霸气的样子。车门是关得好好的,已经发动了,在缓缓启动,似乎没有停的架势。

我一边暗想,这同事怎么这点感情都不讲,一边仍向车小跑过去,招着手。这时,车停了,摇下了车窗玻璃。我一看,傻眼了——车上两个陌生男人,根本不是李风。

我停住脚步,杵在哪里。醒过神来时,赶紧打招呼:"对不起,对不起,看错人了,以为是同事的。"

驾驶员是个清瘦的男子，约三十五六岁，面部表情不冷不热。后座上男子脸圆圆的，很有福相，年龄大概四十岁上下。

他笑着对我说："上来吧，没事，可以送你一下。"

我赶紧再次打招呼："不好意思，不好意思，明明看到同事向这边的。"那男子依旧笑着说："没事，顺便送你一下。"

想到目的地很远，跟公交车也不方便。稍犹豫了下，便说，那好吧，不好意思了，就跟你们车了。

上车后，我还一迭声地解释。气场上，很显然，这应该是某单位的领导，或者也是个来办事的公司老总。

我冒昧地拦了人家车，总归是心中觉得唐突莽撞，很是过意不去了。

经过攀谈，原来这人真是某局的局长，我也告诉了他我的单位。说起来他和我分管领导也认识，于是，气氛渐渐熟悉和轻松起来，不那么陌生拘谨和尴尬了。

路上我们谈着正在修理的道路，以及各地的发展情况，竟然很是投机。到下车时，我表示感谢，而他也轻松地称呼着我的姓及职务道别，好似我们是多年的老友似的。

哈哈，人生何处无奇遇。回想这次阴差阳错的际会，对方的亲切，相谈的甚欢，真是为这段缘分而欢愉，心中暗暗地充满了喜悦。

或许以后再也不会相见，但只此一次的相遇，已经让我记住了一张俊朗的笑脸，铭刻下了一次浪漫的记忆，珍藏了一段幸福时光。这一切，为我的人生添上了一抹绚丽的色彩。

当然，在路上可不能随便搭错车，我这次的遇见，是因为从我单位出来，以及能进我们单位院内的，一般也是机关的人，所以才放心地搭车的。

生活是平常的，遇见的人是因为有缘，乍然相逢的新鲜和喜悦，怎么就能遇见、并以这种方式遇见的惊奇，日后回想都觉得好笑。

这就是我们寻常人生里的趣处。

## 我要和你好好的

二人世界，如果从一开始，就懂得彼此珍惜，会是什么样？

晨起，见灶台上干干净净的，就连早晨刚煮过粥的锅都洗好了，心里无比感动。

凭良心讲，这段时间，他给我许多的关怀和包容。我生气怨怪他，他也少回以生气；我指责他时，他也少回以愤怒。

到了这个年龄，岁月似乎有些静好了。

其实，两个人在一起，除了原则的东西，其余的，他为我做的一切，都应该感谢！

回想，我们都曾经年少气盛过。就是现在，我还常常会控制不了自己的情绪，不能遇事淡淡一笑而过。

真的，一些不好的行止，会让生活陷入一塌糊涂。而两个都不肯"吃亏"、爱"较真"的人在一起，幸福将被大打折扣。

可是斤斤计较的那些，若没有，又怎样呢？少了钱，不要紧，小时我们缺衣少食也一样过得快乐！一方鲜少陪伴另一方？不要紧，曾经我们一个人时也过得有滋有味的!

……

可是往往是,二人世界,下意识地我们为对方贴了许多"应该"的标签。结果,生活中多了许多的鸡飞狗跳。

是啊,只要不向对方索取,你就会发现,一切很好。

这般安好,大概是他悟到了共同生活的两个人应该相互谦让,互相照顾才会幸福。同时,也或者与我现在少指责他,不抱怨他,相反,更多地表露感恩他的付出有关。

当然,我还会有坏心情,还会有某天控制不了自己,会对他生气,怨怼他。但我相信,这种情况,会越来越少,并终将从我们的生活中完全消失。

我们终会摆脱情绪这只魔兽!

如果早点懂得这些多好,我们就会少了多少争吵、伤害、悔恨。

坏的昨日已经过去,希望它再不复返!

现在开始,请让我们好好相处。让我们彼此感到对方的重要,感受到对方在身边的温馨,懂得感恩对方为自己的付出。

如此,生活便会是这样的:因为有你,一切皆好!

二人世界,如果从一开始,就懂得彼此珍惜,相互关心,温柔以待,那么这样的人生,定是幸福!美妙!

## 执手的幸福无可比拟

陈云芳是我最知心的闺蜜。她有天突然在微信上对我说，内心正为一段感情纠结着、挣扎着，希望作为好姐妹的我，给她点"清凉剂"，让她不用为此着急上火。

随着一条条信息的传递，杨冬和陈云芳的故事渐渐清晰起来。

杨冬和陈云芳高中同学。那年杨冬追求陈云芳，但陈云芳那时"不懂爱情"，拒绝了杨冬。此后，彼此上大学，就业，各奔天涯。多年后，亦各自成家，儿女渐渐长大。

而杨冬始终没忘记对陈云芳的感情。

今年初，事业有成的杨冬从遥远的大城市来到陈云芳所在的小城，为一份不能释怀的感情追到陈云芳身边来了。

来到身边的杨冬，更是时刻关注着陈云芳，用各种方式送去对陈云芳的关怀。

这些让陈云芳苦闷着、矛盾着。陈云芳既不想伤害老公，也不忍心拒绝杨冬的一往情深。

陈云芳的老公叫林远，我也熟悉的，那是个大个头男人，见到我们总是很绅士样，话语不多。听陈云芳背地里说过，林远在家脾气很急躁，和朋友在一起喝酒时很豪爽。因为工作的缘故，林远经常在外应酬。

"他常常深夜了才醉醺醺地回来。"陈云芳曾在我面前"谴责"过他。更为糟糕的是，关于林远和一个女人的暧昧传闻，有一段时间曾传到陈云芳的耳中，这让她更为苦恼。

而这个时候杨冬的到来，杨冬的关怀，对她濒临干枯的生活而言，无疑是忽然下起的一场绵绵细雨。

陈云芳的故事，不免让我对动不动一地鸡毛的婚姻思索起来。

执子之手，与子偕老。而在此过程中，我们要经历多少风雨！甚至，会经历让我们沮丧的挫折。有时我们的一腔热情，得到的也许是冷漠，有时我们倾心的付出，收获的也许是背叛。

这时，如果有谁送来橄榄枝，对在婚姻中沉浮挣扎的人，能不动摇吗？

所以听完陈云芳的故事，对到底如何处理这个情感问题，我一时还真给不了她答案。

数日后，我遇到一位长我几岁的林晓雁大姐。她是一名律师，尤其在处理婚姻案件方面，在本地是相当有名气的。

我觉得她见得多了，就把婚姻情感的话题来向她讨教。

"一般情况，还是原配的好！千万不能因为夫妻两个的感情出了问题，就轻易地让其他人乘虚而入！"

她跟我列举了许多办理的案件，那些离婚了，后来再婚的当事人，多数过得还不如从前。家庭社会关系太复杂了，最简单的，因为财产等原因，闹得凶的家庭太多了。

婚姻中的两口子，就像一双鞋子，一只有点小破洞，补一补，还是一双。要是换一只，总归是不搭。除非根本不能穿了，才可以将就着另配。

我觉得林晓雁说得有道理。

执手的人，是我们一路的伴侣，而其他的任何人，只不过是路边的风景。我们难道会为了一处风景，而放弃我们的一生之路？

是的，或许要拒绝激情，或许要放弃浪漫。可是我们只能这样。除非这个人放开你的手。只有执手之人，才是要用心去对待的人。一切的幸福之源，在执手之人。

与执手之人的路，也许是一条寂寞长路，即使如此，只要还执着手，就要坚持一路走下去。只有这样，心中才会踏实，只有这样，才不会被罂粟花的美丽所迷惑。

而当终于走到执手之人用心相爱的那天，其美丽是其他任何的风景所无可比拟的，幸福也是如此！

## 他爱不爱她呢？

朋友讲了个故事，故事中的主角，是她什么人我不能确定，因为她讲这个故事给我听，目的是想问我一些情况。

女主角樱，是位四十岁的女人。樱的老公，是公司老总，因资金断了，为了规避债务，夫妻俩便办了假离婚。他们的儿子跟着她老公。

独居的樱，遇到了男主角杨，是我的同学。正因如此，朋友才把故事告诉我，想向我打听这个同学的为人，及他讲的一些情况是真是假。

杨四十三岁，有稳定的工作。杨妻是一名老师。他们有一个女儿，应该读初三了吧。

原来，樱的老公此前劈腿，所以虽然是办的假离婚，其实，樱是带着对她老公的怨恨的。

遇到杨后，两人觉得非常投缘，尤其杨对樱非常体贴关心，这让受老公冷遇日久的樱，感到温暖无比。

然后，他们俩租了房子，住到一处去了。

不久，樱老公的公司资金问题解决了，转而又兴旺起来。本来，樱的老公，虽然外面有人，但并没有休妻另娶之意。可是知道樱与别的男人同居后，则恼羞成怒，再不考虑复婚一事。

于是，樱的假离婚变成了真离婚。

离婚后的樱，就把全部希望寄托在杨的身上，希望能和他修成正果，结为合法的夫妻。

樱也不是毫无基础生出这种想法的。当初她决定和杨同居时，一个关键因素便是杨向他倾诉，他老婆脾气不好，对他很坏，他早就想离了。

现在，正式离婚了的樱，希望杨也离婚的心情变得迫切了。但是杨对她说，我肯定要离的，但你要给我三年时间。等我女儿高考，上了大学后，我就和老婆去办手续。

樱觉得杨也不是没道理，要是现在闹离婚，影响了她女儿学习，弄出什么问题来，说不定杨就离不成了。

可是三年啦，这当中，会发生什么变数，谁说得准啊。因此，樱是惴惴不安。于是，她把这事和我朋友商量。

朋友就想问问我了，我这同学，他老婆脾气真的坏吗？他和他老婆真的关系不和吗？

这故事，听得我分外震惊。因为我这同学，他们两夫妻感情好得很。前些日子，他还为他老婆庆祝四十岁生日。我们夫妻也参加了。现场见证了他对老婆的深情，他们一家人的其乐融融。

我这同学，是他老婆高中时的学长，两人当时就恋爱了。后来经历了四年大学、两年异地工作的考验，感情弥笃。婚后他夫妻俩的恩爱，在我们同学当中是出了名的。

听说这故事后，我不免也想。这女人，面对感情时，容易掩耳盗铃，自我欺骗。其实多用脑子想一想，有多少男人，为一个半路相遇的女人，轻易放弃自己的家庭的？

杨可以背叛作为自己初恋、且感情一向甚好的老婆，就这么一个品性的男人，会爱你一个被自己丈夫抛弃了的女人？见鬼了吧！

他不过喝酒再加道菜而已。

## 你待婚姻以蜜，婚姻报你以糖

### 1

早晨，有一个朋友打电话给我，言之切切，心之忧忧，我真是恨不得分分钟，就帮她把女儿嫁出去。

越来越多的孩子，在结婚之事上，迟迟不得进入状态。或者老大还未遇到合适的伴侣，或者结婚又闪离。

我这朋友的姑娘，长得那叫一个甜。此前我给她也介绍了一个男孩，那男孩从表到里也叫一个帅。

两个人站一块，那就是玉人一对，佳偶天成。

开始，两个也很投缘，心里都颇满意对方。男孩就告诉我，觉得和女孩挺"谈得来的"。

可两个有"共同语言的人"最后也掰了，真是令人十分百分一千分的遗憾。女孩妈妈对男孩是左看一个喜，右看一个爱，可是姑娘就是不想谈了。

外人看作美满的事情，当事人却不看好，你能咋办。他们两个又不是瓷娃娃，能由父母将他们放在一起。也不是泥巴和面粉，可以捏到一处。

他们有自己的思想、感受，做父母的干着急也没用啊。

但是作为过来人，年轻的朋友们，我想告诉你们，父母之命，未必就都是错的。

## 2

我国台湾作家蔡怡在《相亲》一文中，就详细述说了他们夫妇，为儿子介绍女友的经历。在他们眼中简直是"完璧"一样的女孩，儿子却都不乐意待见。他们越是给儿子牵线，儿子便越是反感。为此，儿子终没和其中任一个女孩谈恋爱，而他们也把朋友都得罪了。

最后，儿子人到中年，还单着。而她十多年前就准备好，盼着在儿子婚礼上穿的紫红色礼裙，也早已过时走样了。

许多人都说，父母不要对子女"催婚""逼婚"，好似都理解年轻人，站在年轻人一边，支持年轻人自己选择结婚于否。可是我不确定那些"好像挺站在孩子一边的人"，他们子女的婚姻是个什么状况。

你支持你的孩子不结婚，你支持你的孩子离了婚，你心里是好受的？你幸福感有几分？

催婚没有错，逼婚也没有错。只是方法可能欠妥，给孩子造成了压力，从而使孩子想要躲着。就像前两天网上讲，一个三十五岁女孩为了防止父母催婚，而请求老板安排春节值班。

可是躲得了初一，躲不了十五。要消除焦虑，只有把问题解决了，才是上策。否则，只能阴天背稻草，越背越重。

父母要对还未遇见意中人的孩子，给以纾解减压。关于人生伴侣的选择，要循循善诱，加以有益的引导。

毕竟孩子没有经历过，存在许多的未知与茫然，以及许多的盲见和偏见。父母对孩子不要简单地催逼，甚至责骂抱怨孩子。

我有个亲戚，一向反对我写作，经常对我说，你写那些文章有什么用，不涨工资，不升职，还伤身体。不要写了，健康最重要。说他就有段时间，就为写职称论文伤了身体，痛苦好久。

他说的没错，对我也是关心的。可是我不但听不进他的话，还心情很沮丧。因为他命令我，否定我，我能不烦吗。

如果他只平静地讲他疲劳伤身的痛苦经历，或许我自己反倒从中悟到，要注意保重身体。

同样道理，父母在说孩子婚事上，要关心也要交心，说理要暖心。

3

每一个孩子，到了该结婚的年龄，还是得把这个作为大事来好好考虑。我们不说什么家庭责任、社会责任，就单从个人的幸福来看，能结婚便结婚，无疑人生会有更多的幸福。

现在孩子，这心里想法还真是复杂，真是走不进他们心里去呢。这父母不和的家庭，会引起孩子对婚姻的恐惧。这父母恩爱的人家吧，孩子也会出现迟迟不能适婚的状况。

曾经在电视"星光大道"栏目，看到一位选手，三十几岁了，还没找到心仪的结婚对象。原因就是父母太恩爱了，他要找到像他爸妈这么恩爱的对象才结婚。

无论什么原因，其实都有一个共通的梗，就是每个人心中，都有一个框框，明或不明的标准，认为一定要找一个"完美"，至少在自己心目中"完美"的对象才结婚。

只是冠以"投缘，有感觉"这些外衣罢了。

其实每个人都是不完美的。婚姻也没有完美。曾经有个故事就说，世上最恩爱的夫妻，一生中也有多次想离婚的念头。即使两个两情相悦、性情相投的人，婚姻中也会遇到各种风雨。

外来的因素，自己价值观的迁移变化，都会影响到以后的生活，让婚姻发生动荡。

只能说，用心经营，才有可能收获一个幸福的婚姻。自然界都有若干的风雨，婚姻里又怎么会一直晴天。

但是经营婚姻就嫌麻烦了？就辛苦了？一定要不结婚，或者遇到矛盾就离婚，才会是最好的选择？

人在世上，哪一样不是从奋斗中更能获得快乐和幸福感。现在的孩子鲜少吃过物质匮乏的苦，因此，从同样的物质里获得的幸福感就远不如上一辈人。

而年轻时贪图安逸生活的人，不但没有风云壮阔的人生际遇，后来也往往被打脸。且当下的日子，其实幸福感也没有那些勇于追求的人来得强烈。

凡是坏情绪多产生在闲散懒惰时，爱郁闷抱怨的多是消极倦怠者。曾经有报道称，瑞士是社会福利最好的国家，而也是自杀者最多的国家。

婚姻也同样，有惊涛险浪，才能享受到平静的快乐。凡一开始的完美，不生出点波折，人也会渐渐生出倦怠感。为什么有的夫妻，动不动就吵吵闹闹，就是有意无意中，感知到，吵闹可激发婚姻的活力。

不讧不吵，不得到老。吵着，和好，吵着，和好。老了回忆时，是不是会觉得那时真年轻，那时真美好，然后，回忆着回忆着就笑了。

当然，吵是为了两个人更了解对方的需求，让双方关系越来越和谐。不能吵过头，更不能指责攻击对方人格。就事说事，吵吵也消毒。

然后，打一棒子再给一块糖。生活中念着对方，不时给点惊喜。多找对方的优点，欣赏对方，赞美对方。赠人玫瑰，手有余香。如此，怎么不会收获美好的婚姻呢。如此，婚姻不幸福的，那概率也一定是极低的。

## 4

最美的婚姻，当然是一辈子只爱一个人。但是少有人能够理解这一点的好处。就像侍弄一座花园，用心，会看到花开满园。但若三心二意，一心数分，当然花园会荒芜，无福享受到满园芬芳。

因对婚姻抱有成见，因追求完美婚姻，从而耽误了结婚。或者，因为缺少用心守护和包容，从而轻易放弃了婚姻，都将失去人生的许多美好。

我有个同事，受他妈妈"你想挑最好的，那最好的未必看得起你"影响，很快确立了恋爱对象，并且很快结婚。而他选择这个对象，旁人多觉得他"简直浪费资源"。

别人觉得可惜了，可他自己呢？每见到他，便感受到他幸福到爆棚。脸上总是笑逐颜开。未婚时喜滋滋说：马上请大家吃喜糖啊。结婚后喜滋滋说：马上给大家送红蛋啊。哎哟吗，就觉得人生该是喜事连连的样子。

结不结婚是你的自由，早晚结婚也是你的自由，维护婚姻或是轻易丢掉一段婚姻，也是你的自由。但终究没有什么比得上拥有一个幸福的婚姻，能让你有更厚实的人生体验。圆满的人生，又怎么能少了婚姻这个重要的元素呢！

所以请抱着不求全责备的心，及时去谈一场恋爱。请做好战风斗雨的准备，及时踏入婚姻。请相信，你若用喜乐阳光的心态对待婚姻，婚姻定会还你同等的美妙与神奇！

## 楼上抛下的红杯子

　　我有一只咖啡杯,浅枣红色,是我的挚爱。

　　每个午后的时候,我喜欢用这杯子,泡一杯香气袅袅的咖啡,在阳台的书桌前,慢慢地啜饮,静静地看书。

　　多么美好的下午!窗外楼下的小花园,高大的树木一片浓密的绿荫,不时传来几声鸟鸣。

　　可是一天的晚上,这只常被我捧在手里,送向唇边的杯子,却被一扬手,从六楼的平台上,抛了下去。

　　缘起一次争吵。

　　常听不少人感叹,夫妻一世燕好,从未红过脸,发生过口角。真是神奇了,那要多深的感情,多大的修养,才可避免连绵不断的战火。

　　我和先生恋爱时就吵,而且基本上是"激战"。他的个性可强了,生个气,吵个架,能转身就走,哪怕你那时掉在河里,他也会不管不顾,而且绝不会向你道歉。

　　仅有恋爱之初的一次争吵,憋了一天,他倒是来找我了,把我从校图书馆里叫出来,第一句话就是"我来找你,不等于是我的错"。一下子揭开了我的气阀,回他一句"那你不会不来找我!"他一听,又转身走了,决绝地让我干噎。

再以后,我们家每次争吵,都是我先求和。说起来挺没骨气的。可是就是这样,我们俩的吵架,频次可没有降,大吵三六九,小吵天天有,一点也不夸张。不知哪就那么容易擦枪走火。

我有个亲戚说,到了三十五岁后就不怎么吵了。这话倒不假,我盼望着,盼望着,三十五岁来了,吵架的节奏还真慢了,但也只是不再天天吵。

直到中年以后,我们还在吵,这次,又为一语不合,大吵了一顿。从客厅吵到屋外平台上,这期间,吵急了的我,便把捧在手中的杯子狠狠地扔了出去,城市灯光映照下,一道弧线无声地划向楼下的花园里。

数日后,网上新购的书到了,我去小区快寄点取。外面恰好刚下过一场雨。仍有雨丝在飘,空气清新且凉爽,弥漫着桂花的香气。

取过书,一路慢慢地走。绿色的树木更绿了,很是养眼。小区显得格外安静,让人很想就这么慢慢地散步几圈。突然想起,那日吵架时扔出去的咖啡杯,不知道怎么样了。

走到我家楼的附近,用眼睛在草丛、树下仔细搜索,哈哈,红色的杯子静静地躺在地上,安然无恙哩。我欣喜地拿起,把它带回了家。

## 婚姻的天空飘来点乌云，那可能是场误会

### 1

陈一朵干脆把车停到马路边上，她不敢开了，再开下去，她准出事儿。

手里紧紧地攥着手机，都要攥出汗来。她感觉到心脏急速地跳着，身子都在颤抖。

透过车前窗，八月的午后阳光分外耀眼，把天地照射得白晃晃一片，让人看着就觉得心烦。她此时的内心也被一团灼热的愤怒，充塞得要炸裂开似的，脑海中也是一片白光在晃。

已上高二的儿子，要到住在木菱园的同学家玩，陈一朵送他过来，正独自开着车回家，没开出几码远，却接到了闺蜜徐米的来电。

"一朵，有件事，我犹豫了好久，本不想告诉你，怕你难过，可是不告诉你，又觉得对不住你。"

徐米的话，在她平静清澈的一鉴心塘里，倒入了一卡车的泥巴，浊水乱荡，水花四溅。

她趴在方向盘上，一手敲打着方向盘，一边喃喃自语，该怎么办？怎么办？

这时手机又响了，先生的。她深吸一口气，接起来。"儿子送到了？你回家了？"

先生姓刘，名字也叫先生，他有个双胞胎的弟弟叫刘后生。先生不只是先生，其实是大学教授，而且业务上也名如其姓，真的很"牛"。

先生用他一贯温文尔雅，又充满磁性的声音，关切地问候着陈一朵。他总是这样，随时关心着他们母子俩。有事儿打电话，有时间了打电话，二十四小时贴心的关怀。

陈一朵一直认为自己很幸运，觉得自己真的嫁给了幸福。熟人也总是羡慕他们。"你先生很帅啊，你们两个在一起很配。"是啊，谁说上帝给你蛋糕，就会拿走冰激凌。她陈一朵这两样都稳妥妥地拿在手中啊。

可是徐米说的是真的吗？和先生简直是风马牛不相及的事啊。

陈一朵强压下心头强烈地想要责问刘先生的话，尽量用平稳的口气告诉他，正在回家的路上。

"那你小心点开啊，到家好好歇歇！对了，晚上回家带一样你最想吃的东西给你。"

是什么？陈一朵好奇心被吊了出来，一时倒忘记了刚受到了致命打击。她是个被爱包围惯了的女人，很容易就会快乐起来。

"先保密，晚上给你惊喜！好好开车，再见！"

对了，他俩通话，既客气又甜蜜。常常有同事听到他俩通话，会感叹，"你们两口子感情挺好的"。有熟人听到会说，"两口子还说再见，这么客气啊"。

结婚十六年来，我们都是这样的啊。陈一朵骄傲地在心里说。永远

151

在恋爱，不，比年轻人的恋爱更多了醇厚，就像窖藏年深月久的陈酿，味道更芳香馥郁。

陈一朵发现自己先前郁气堵胸的感觉已经荡然无存，这时，她想起她老爸的口头禅："不急，不急，让我看看是咋回事儿。"是啊，父亲陈龙满是典型的慢性子，遇什么事儿，哪怕别人都火烧眉毛，急得跳脚，他依然是一副天塌不下来的优哉样，要等事情弄清楚了才决定怎么做，人送绰号"陈老慢"。

想到这里，陈一朵重新拨回徐米的电话，她要当面问清楚，到底是怎么一回事儿。

## 2

"米，在哪儿呢？"

"班上呢。"

"不是周末么，加班了？"

"嗯。"

"我去你单位，方便吗？"

"啊，来吧。我事情正好一会儿就处理完了。"

陈一朵发动车子，向徐米的单位开去。

陈一朵和徐米约了在她单位对面的咖啡屋。陈一朵喜欢在这样的场所静坐，择一临窗的位置，不论做什么，心情都会变得悠然起来。

她尤其建议徐米，更要多这么做。"要培养慢性子，就到咖啡厅坐坐，或者平时多喝喝茶，慢慢喝，用品茶的心情来过日子。"

之所以建议这么做，是因为徐米和她先生吴尚杰都是急性子，两个人都争强好胜，因此，矛盾也就多了。陈一朵便建议徐米先培养起慢性子来，再感化她家吴尚杰。

贵者语迟，贱者行急。俗话说，脾气有多温，福报有多深。没有胸襟，往往会一点点消耗掉自己的福气。

陈一朵经常给徐米如此洗脑。

徐米在机关工作，她先生在企业工作。两个心气儿都强的人，经常吵架打闹。徐米便常常向陈一朵诉说，在陈一朵面前申讨吴尚杰的不是。

"你家刘先生多好，长得帅，有学问，又有教养，把你宠得像小公主似的。吴尚杰要是有你家刘先生一半，我就高兴得烧高香了。"

"不要比较，每个人都有优缺点。"陈一朵从来不护着徐米。"你要多发现你家尚杰的好处，他长得不是也挺帅的，为人也大方，我们在一起的时候，他还不是处处护着你的样子。"

"那是在你们面前装样子，和我在一起的时候，他可凶了，从来不让我。"

"那你就让他，你们可是大学里自己谈的，多想想那时的好。"

"那时不知道他脾气这么坏。"

"两个人在一起，不要总盯着对方的不足，指责和抱怨，你要一直记得当初你对他好，然后一直对他好下去。人都是感性的动物，不相信你对他好，他会没感觉。"

"凭什么要我对他好，他是男人，应该他先对我好，让着我。"

"都什么年代了，你还抱着这思想。你和他恋爱结婚，目的就是为了全程享受他对你好，你不要做任何付出的？"

面对陈一朵每一次都站在吴尚杰那一边，一个劲儿只要她徐米单方面的改变，徐米总会气得骂她一句："职业病！把你这些说教用来对付你那帮小毛头吧。"

这时，陈一朵也会从对徐米的"教育"中跳出来，笑笑说："你别说，我觉得我那帮学生，别看才五六年级，活得可比大人通透。我看大人总是越活越糊涂，你看，就是三十五岁到五十五岁之间的人，最复杂，压力也大，烦恼也多，做的浑事儿也多。"

"越活越不像样！"

对这句总结陈词，徐米终于觉得陈一朵还是和她一条战线的。

徐米每次虽然嗔怪陈一朵总是教育她，但她对陈一朵的依赖却越发地强烈，每次一有烦恼，还是会找她倾诉，然后，不知不觉中，也渐渐地按照陈一朵说的去改进。

尤其，她现在与吴尚杰的矛盾也越来越少，吵架的频率越来越降低了，她更是暗暗地对陈一朵充满了钦佩和感激。

3

"究竟怎么一回事，你说我家刘先生从歌厅带走一个女人，还是凌晨的时候？"

"我听我家吴尚杰说的，他在歌厅遇见的。"徐米一脸复杂的表情，有犹豫，有担忧。

陈一朵自认为是了解她家刘先生的，也是相信她的。但徐米说的那段时间，刘先生确实是一夜没有回来，他当时说是学校临时安排出差任务，立即就出发，第二天就回来。

所以徐米一说，陈一朵心下也就慌了起来。"知人知面不知心啊，万一是真的呢？"七月八日，刘先生出差的那天的时间，陈一朵之所以记得如此清晰，因为那天是刘先生的生日。他们夫妻本来约好了晚上庆祝一下的。

然而当陈一朵向徐米核实具体时间时，徐米恰因为此事已经过去四五十天，具体哪一天，她记不清了。

唉！陈一朵真是摸不着头脑了，直怪徐米没有第一时间告诉她。

"我家尚杰因为工作性质，经常被客户请了去歌厅，你知道的。那天，他和一帮人唱到深夜两点，散场，去洗手间，就见刘先生拉着个女人，一看就是歌厅的女人，脚步踉跄，嘴里还嚷嚷着，还到那家宾馆。"

"脚步踉跄？"一听这个词，陈一朵放心地笑了起来。

"是啊，你怎么反倒笑了？"徐米瞪起她那双又大又黑的眼睛，莫名其妙地盯着陈一朵。

"我们家刘先生滴酒不沾。"

"滴酒不沾？可我家吴尚杰说他看得清清楚楚，绝不会错的。"

"你不知道吧，刘先生有个长得一模一样的双胞胎弟弟，叫刘后生。我觉得可能你家尚杰看到的是他。"

"真的吗？那太好了。我还当个心思，放心里自虐了好久呢。"徐米也如释重负，变得轻松开心起来。

## 4

晚上，刘先生到家，带回一个包装精致的盒子，陈一朵打开一看，兴奋地惊呼："哇，周林烧饼。"

说起这烧饼，可有来历。是刘先生老家的特产，"龙虎斗"。这纯粹是泥炉明火烤的。外脆内酥，馅儿一丝甜，一丝咸。咬一口，齿颊生香，再不能忘。

第一次吃这烧饼的情形，陈一朵现在还历历在目。去年冬天去先生老家，走到靠近家的小镇上时，他们停下车，准备买些菜带回去。这时，遇见了先生的初中同学周林。

十几年不见，发小相见，分外激动。周林在镇上开了一家烧饼店。他取出新鲜出炉的烧饼，请陈一朵两口子品尝。就着热腾腾的烧饼，先生与周林重回同学那年了。陈一朵则在一旁大快朵颐，还忍不住啧啧连赞，真好吃！

听周林吹嘘的，这"龙虎斗"还大有来头，连哪个朝代的皇帝老儿都曾钦笔嘉誉过。而他周家，祖上三代都是做这个的。现在在周边地区可有名气了。

扛不住馋虫的勾引，最后，临走时，周林包好二十个让他们带着。刘先生还在客气推让，一旁的陈一朵却忙着伸手接了过来。

后来，她一直念念不忘那味儿，经常在刘先生面前提，哎，回去时再从他那儿买啊。

可是刘先生觉得为难，周林肯定不要他的钱，这么讨扰昔日的同学，虽是小事，但终归不太好。可是一边是陈一朵一脸的馋相，老在他眼前晃呀晃的。于是，这天，他忽然想到一个办法，让同事从网上代购。这不，两难问题迎刃而解了。

陈一朵一边美美地吃着烧饼，一边眉飞色舞地把白天发生的笑话说给刘先生听。刘先生却突然严肃起来，说："尚杰看到的那人确实是我。"

陈一朵愕然。嘴巴边的烧饼屑也呆住了似的，一动不动地沾着。

5

刘先生伸手替一朵揩去嘴边的饼屑，安慰道："你不要紧张，没事的，我只是替后生解个围。他这回摊上大事儿了。"

后生，是先生的弟弟，也就晚出生三分钟。两兄弟虽然工作不同，性情不同，可是那气质、举止、形貌，要是两人站一块，任是陈一朵与刘先生结婚十六年了，还是容易搞混。

刘后生当初通过公务员招录考试，进了市政府机关工作。头脑灵活，做事干练的他，仕途一路顺风。三十岁出头就任办公室主任，是领导重点培养的对象。一年后，被派到乡镇挂任党委副书记，两年挂职期满，回单位就提任了副职。

最近市里拟提拔一批干部，有知情人透露，后生也是其中一员，并且要把他安排到县（市、区）担任要职。可这节骨眼上，节外生枝，他被一位女人缠上了。

这女人叫张丽丽。

刘后生任办公室主任期间，上级机关来人，接待安排都是他负责。正常都住在国宾馆。晚宴后，一般也就陪着打几圈牌。可这其中，有两位，年少得志，比刘后生大不了几岁。轻狂不羁，特别爱玩。每次来，会要求刘后生安排去唱歌、泡脚、洗澡。什么玩意儿刺激，来什么玩意儿。

尤其那位叫曹玉成的，特别爱泡歌厅，每次去唱歌，又让叫上小姐，现场借着酒劲，便与小姐做那丑态百出的事儿。

刘后生知道这曹玉成有些背景，将来前途上有靠他提携处。因此，格外投其所好，每次都安排得妥妥的，陪他胡来。曹玉成也不拿他当外人，渐渐地就私下联系他，不单出公差时，就是周末或是假日，也常私来，由他安排，玩个兴尽意满。

常去歌厅，一来二去，刘后生与一个叫张丽丽的小姐搭上了。陪同曹玉成唱歌，给他去跟小姐开房时，顺便就给自己和张丽丽开房。反正一切费用，对他一个办公室主任来说，报销那点小事情不算个事儿。

虽说明知张丽丽是风月场上的女人，但他刘后生还挺专情的。一来他也不想弄出多少女人来，怕哪天东窗事发，误了自己的前程。另外，这张丽丽，虽是来自农村，却也长得气质非凡，一米六七的颀长身材，肤色白净，根本就是城里大小姐的样子。

刘后生第一次和她去开房时，张丽丽才十八岁。后来，每次曹玉成来了，或者其他场合的娱乐活动，他都叫张丽丽过来。日久生情，这张丽丽对他渐渐生出想法来。

虽说现在她也已结过婚，儿子都已经七岁。可是那个农村来在城里打工的老公，与风流倜傥、位高权重的刘后生怎可同日而语。况且，这些年来，刘后生待她如情人一般，又常说和他老婆关系不好，要不是怕影响晋升，早就离了。

可是这时，她却发现，刘后生和另一位女人李美莹扯上了。

## 6

世上事，就怕凑巧。这天晚上，见刘后生好久不上歌厅，张丽丽再次打电话，约他出来唱歌。刘后生依然推说，这段时间没空。可她到了八点多，替一位妹子临时坐台，走进包厢，刚在客人身边坐下。一会儿，却见刘后生搂着一个女人，从包厢内的屏风后走出来。那女人就两根细绳吊住一片巴掌布似的裙子，已然一片凌乱。

刘后生虽是醉醺醺、走路跌跌撞撞的样子，可是一见到张丽丽，还是愣了一下，杵在了那儿。

张丽丽忽然明白，为什么有好久他都推说工作忙，见不着人影了。虽说都不过是逢场作戏，可是她这次却有股想要抓住他的强烈欲望。

刘后生本以为哄哄她，心想都是你情我愿，她本来就吃这饭的，也不会闹出多大动静来。让他万万没想到的，张丽丽这回却动真格了，直接开价，让他休妻娶她。

"你不是有老公吗？"刘后生不以为然。

"两年前就离了。"

张丽丽冷冷地回复，让他不仅心头一颤。他深知，十年的开房记录，张丽丽足以埋葬了他现在拥有的一切。

家里的蔬菜老婆好欺负，这外面的荤菜女人得小心供奉着。怎么甩掉张丽丽的纠缠呢？

刘后生苦苦思索着对策。一边要风流快活，一边还要前程似锦。这两样，他刘后生一样都舍不得放下。

还真被他想到了一个可以帮他解决难题的人，他那博学儒雅、受人尊敬的哥哥刘先生。

## 7

但他知道，要是哥哥知道他这么混账，也不会帮他的。因此，他谎称是竞争对手陷害，弄了个女人来给他下套，毁他名声。现在组织部门考察干部可严了，谁要是有个蛛丝马迹的不良风吹，不管是真是假，都不再予以提拔。

所以现在，要想把谁搞下来，让谁一辈子不得翻身，简直易如反掌。

"哥，你不是跟公安的李队长是同学吗？看能不能帮我一把，别让我被小人害了。"

世上还真没有机关心重的人解决不了的难题。刘后生设计了一个完美的金蝉脱壳的计划。

这日，刘后生主动约了张丽丽。先是带着她参加一个狐朋狗友的饭局。这点，他倒不用在那帮人面前遮掩。物以类聚，人以群分。

然后，一帮人酒足饭饱后，闹哄哄地拥进歌厅，吆五喝六，叫上啤酒、果品，再叫上一帮小姐。一个个搂摸着小姐，扯开嗓子，吼啊，喝啊。到了凌晨，便回家的回家，开房的开房去了。

这当中，那买单的，多是做生意开公司发了迹的。

两点多钟时，刘后生和张丽丽走出包厢。经过洗手间时，各自进去一下。这一出来，张丽丽还是张丽丽，刘后生已经是刘先生了。

也正是这个时候，也要进洗手间的吴尚杰，看到了刘先生搂个妖艳的女人，嘴里咕咕哝哝地向外走去，差点没把他的醉眼珠子惊掉到地上。

出了歌厅，上了出租车。张丽丽熟稔地对司机说了个地址。八分钟后，出租车停在了滨河路上的"来来往往"宾馆前。

张丽丽先冲了澡。一丝不挂地坐床上等"刘后生"。刘先生说到房间外面抽支烟就过来，这工夫，宾馆房门忽地被打开了。张丽丽卖淫被抓了个现行。

事后，刘后生对张丽丽说，我好不容易托人把你从局子里弄出来。但看来你在这里不好待了。

那张丽丽的皮肉生意都做了十多年了，钱来如水淌，整天花天酒地，被一帮男人捧得跟天上月亮似的。叫她再做别的行当，她哪受得了那憋屈。于是，不久，她又跑到南京，还干着老本行。

到了省会城市，不久便有更显贵的人物，俯伏在她的石榴裙下，对于刘后生，她早瞧不上眼了。

"这么龌龊！"

陈一朵觉得，这事情，太让人难以置信了。

刘先生也陷入沉默。是啊，这么龌龊的事，也把他扯了进去。最让他不能接受的还不是这个，后来得知真相，他震惊于刘后生竟然堕落到这份上。

他们的父母，双双在农村，一辈子刨地为食。朴实本分。他和刘后生过去，在村里是有名的勤奋聪明懂事的好孩子。后生是怎么一步步变成今天这个样子的呢？刘先生觉得，好像一觉醒来，他就不认识这个弟弟了。

这次帮他解围，自己也是冒了很大的风险。刘先生说，他怕到时酒喝多了，和张丽丽进了宾馆房间，脱身不了，那就弄巧成拙了。

刘先生说出去抽烟时，张丽丽就讶异地问："以前不都是在房间抽的，什么时候变得讲究起来了。"

"现在风气也太差了，多少人都被污染坏了，徐米的先生也是，都变成浑球了。"

见一朵忽又愤愤地把话题转到了徐米的先生，刘先生关切地问道："她先生怎么了？发生了什么事？"

## 爱犬雪花

雪花在河边撒着欢，一会儿踏进浅水处追扑水鸟，一会儿又跑回岸边，在密集的草丛里打滚儿。

傍晚的风，轻轻吹拂，白天的闷热全被吹散。吴丁跟着雪花后面，任凭雪花可劲儿地释放自己。

雪花是一只六岁的哈士奇。儿子高二那年买回。可是城里的房子里，哪里养得了这种大型犬，没多久，就被夏至送回了乡下。

可是左邻右舍，见着这种充满威胁的狗，都表示害怕。于是，雪花就被吴丁爸妈长年累月地关在院子里。

吴丁和夏至倒是经常回乡下，可能是出于对雪花的亏欠心理，每次回到乡下，他们俩都会带着雪花到后大河边上去遛。

但有时，只有吴丁一个人带着雪花去。而夏至缺席的原因，不是因为对雪花不好，也不是因为要在家中帮忙烧饭做菜，而是生气了。

是的，他们两个常常吵架。

从恋爱吵到结婚，从结婚吵到生孩子，从孩子在身边吵到孩子长大远走高飞。

人大概天生有两副面孔，外人看他们是一对十分般配的夫妻，两个人也是性情温和之人，不知道，在家里，他们两个人却像是两个暴君。

是的，他们二人世界里，常常爆发争当一家之主的大战。

不是东风压倒西风，便是西风压倒东风。两个人还真真印了那句话，不是一家人，不进一家门。那争吵起来，一个绝不甘输给另一个，一个气势更比一个强悍。

也真是邪门，每次吵个两败俱伤后，两个人感情好像又经历了争吵的提纯似的，变得莫名地特别好。那感觉就像暴风雨过后的天空会变得更加的澄澈湛蓝一般。

然后便这么循环着，日子便也一日一日地过去。他们吵着吵着，都吵老了。

年轻时，他们吵架，吴丁的妈妈便一边数落着他们两个，一边流着泪，然后便是沉默。

随着岁月流逝，吴丁渐渐明白了他妈妈的沉默。有些人生的阶段，你不经历，便达不到那种大人希望的境界，所以说了也不能理解，不如不说，只有沉默。

如果每个人都一开始明白许多道理，那人生就会少了许多的波澜与曲折。

人们常常看到，老两口那种相依相守的默契。老了后，什么话也不用说，双方已经成为对方不可或缺的存在。

可是到了这份上时，光阴已经剩下无几。

但是不老，总要整出一出一出的相互伤害的戏码。

吴丁就想不明白一个道理，为什么他对雪花那样有耐心，而对夏至的态度却那样的变化多端，更多时候是愤怒相向。

有一次吵架时，也是他们俩正在河边遛狗的周末的傍晚。当时夏至一边哭，一边数落他，你对雪花都比对我好，难道我在你眼中，还不如一只狗。

吴丁听了这话，觉得很震动。是啊，我在家里常常念叨雪花，觉得把它离弃了，对不住它。每次回来，第一件事便是带它出来遛。我怎么从来就没有主动去对夏至好呢？

相反，我常常觉得她这不对，那不妥当。我总要去责备她，去纠正她。然后就发生争吵，然后，这吵架还会升级到攻击彼此人格的地步。

俗话说，不争不吵，不得到老，难道真的要和她吵到吵不动的那一天吗？

夏至在看电视，可是电视上到底放的什么内容，她一点也不知道。因为她大脑中盘桓着的全是刚刚和吴丁吵架的情形。

到底为什么事儿吵起来的，她一点都不记得了。就像一座森林着火了，烧了个烟炎张天，可是到底是什么引起火灾的，已经无法考证。

她和吴丁常常这样，莫名地吵起架来，然后就是一个更比一个会飚狠话，会把一把又一把锋利的匕首狠狠地刺向对方。从来不想到会给对方多大的伤害，只想到怎样压过对方。

事后，觉得自己像个疯子。

是啊，有时吴丁会说，当时气急了，昏头了，我以后不这样了。夏至也想，我以后一定要克制，不能发火。可是真吵起来了，控制自己的永远是愤怒的情绪。

理智哪里去了，温文尔雅哪里去了。

头脑里蹲着一只魔兽。

自从雪花被她送回老家后，她常常觉得自己狠心，因此加倍地补偿雪花。有一次，听说雪花生病了，不吃不喝三四天了，她立即赶回乡下去看。

可是面对吴丁,她都没这么牵挂过。有一次,吴丁出差,在外闹肚子。她当时因为一事正生他的气,因此非但不挂念他的身体状况,相反,还在电话里跟他吵。

我对他还真不如一只狗啊。

是啊,我对雪花,只有关爱之情,想起来都是雪花对自己的忠诚,然后想着要对它好。而对吴丁,那感情可复杂去了。主要的,有一种对雪花永远不会产生的情感,那就是:恨!

为什么两个由恋爱走进婚姻的人,最后变成了相虐相杀的人呢?为什么吵着吵着,会吵出恨来了呢?

世世代代,都说夫妻是冤家。

不仅仅是对伴侣不如对狗了,其实很多时候,是不如世上所有的人。

我们对外人往往客气有加,总替外人着想,表现出体贴和关怀,而对伴侣,却爱冷漠相对,恶意相向。

这像一个魔咒。

有时看到老年人晚来相伴的情景。夏至也会灵光一现,觉得要对吴丁好一些,以后,坚决地不和他争吵。

可是只要有点力气,冲突总是不可避免,一点就着的是愤怒。

看来,不争不吵,不成夫妻。

什么样的人,才能打破这种魔咒,一世相爱,真的浪漫地执子之手,与子偕老呢?

难道是不争不吵,生活就嫌平淡。难道"弱水三千,只取一瓢饮",只是说起来唯美,摆现实中就嫌单调。

人们讴歌的,往往是轰轰烈烈,波澜壮阔,曲折离奇的情感!平常的相亲相爱，却没有人提及。

夫妻中许多无情的真相，也没人去说及，大家展示给外人的，总是相敬如宾，燕好恩爱的一面。

看来，全世界的夫妻，大都在扮演着双面人的角色。

## 旧情人·小仙女

周末晚上,晴的老公俊,一边拖地,一边哼着一首歌。晴一听,这不是他旧情人昔年唱的歌吗?

她叫住他,"你啥意思?"俊讪讪地说,"随便唱的,绝不是因为她。"

"呵,我还没说谁,你倒嘴快说出来了。既知这歌与她有关,还故意在我面前唱,想气我咋的?"

"我已不是第一次听你唱这歌了。一月前我在一篇文章中写到,你的旧情人当年唱这歌,你还说过去的事不要写。可那以后,你竟然开始唱这歌。"

"你想挑衅咋的?不是所有的歌都可以随便唱的,以前听你唱没说,是让你去自省,还别真当我没听出来!"

晴越想越气。这人,有时就是贱,身边人不知爱和尊重,心里还要放个旧情人。你踩着家人当脚下草,我还真觉得不值得拿你当宝。

晴记得有次俊的外地同学明来,本地同学宴请他,晴也在场。席间,明提到难忘初恋情人,还像金岳霖掏出林徽因照片那样,把保存在手机里的旧情人照片给大家看。

晴当时就想喷他,你以为你痴情,别逗了,咋没和金岳霖一样不结婚呢？回来后,跟俊说起这事,俊也觉得明不该这样。

又有次,两人一起参加晴高中同学聚会。席间晴的同学玫跟她讲起"斗"老公旧情人的故事。

一天,有人告诉玫,刚看到你老公的旧情人去找他,大概想旧情复燃吧。

玫一听,班也不上,骑个自行车就去追老公旧情人。

追上后,她拿自己的自行车撞倒旧情人的自行车,并说："你当初嫌他穷,不肯和他谈,怎么现在看他好了,就回来,脸咋这么厚！你过去不尊重他,他怎么可能还喜欢你,你当他没尊严没智识了？"

然后转身又去老公公司,责问道："你既和我订婚,为何又让她找你？你既还念着她,就取消和我的订婚。你这样不忠的人,我还看不上。"

玫的老公赶紧赔礼求饶,发誓坚决不再见旧情人。

若干年过去。有次,玫碰见老公旧情人,啊,都老成啥样了！是不是遇上什么不幸事？也没,就是显老呗。都说腹有诗书气自华,玫婚后一直很自律,因此风华犹在。可老公旧情人则放弃了自己的形象。

这下玫可得意了,故意带着老公去见旧情人。哼,不让他看看旧情人这副老样,他还以为她还是小仙女呢。就要让他看看,他的小仙女早变成老巫婆了！

晴很欣赏玫这种爽快性子。别说,不知有多少男的,把自己的旧情人藏在心底,深爱着,舍不得丢开,甚至还要心心念念地去找,去见,去重温浪漫。

殊不知,旧情人也早已是别人的老婆,不过普通的女人一个。俊当时也说,心里放着旧情人,是对老婆的不尊重,也是对旧情人老公的不尊重。

想到此,晴再次正色对俊说:"你老婆我才是块好玉,你可别拿普通石头来攻我。你老婆我样样好,这么多年和你一起养育孩子。你要是像明一样不自尊,踩我,我就会像玫一样干脆行事,小心我跟你掰。"

俊赶紧接招:"确实不是有什么想法,下次坚决不唱了!"

## 落跑新郎

　　季候进入四月，处处春光晴好，花繁木盛，百鸟闹欢。苏玉又回到了原先活泼快乐的样儿。
　　对于她性情变化落差那么大，我最初要解谜的意念也渐渐淡忘了，似乎一切都回归了常态。
　　几日后的下午，到下班时间了，办公室同事已走，我因一项工作被拖着迟了。
　　一如往常，苏玉打我办公室门前过，伸头望进来："邻书姐，走啊？"
　　"喔，等下呀，一会就好！"我一边忙着，一边应答她。
　　没曾想，苏玉却走进来，拉过一张椅子，坐下了，静静地，势要长等样。我虽闪过一瞬疑问，却无暇多顾，继续埋头于事。
　　事情处理完了，正拟收拾包包走人。这时，苏玉忽然说："邻书姐，我能不能和你说个事儿？"
　　白天还一脸灿烂笑容的大小姐，此刻已是满面沉郁，乌云笼顶了。
　　"邻书姐，我这辈子可能都找不到男朋友了！"

"啊，什么话？"闻言，我愕然不已。"瞎说呀，这么人见人爱的女孩，不知道多少男孩在排队呐！"

苏玉双眼突然溢满泪水。

"邻书姐，真的。不骗你。我的经历太离谱了。"

看着苏玉那满脸的严肃又痛苦的神情，我懵了。

"每年到了这个月的这几天，我都会如同大病一场，因为三年前的这个日子，是我结婚的日子……"

我被震住了，苏玉所说是真的？这，电影里的桥段吗？

在苏玉断断续续的讲述中，我逐渐理出了来龙去脉。

原来，苏玉谈过一场恋爱！

男孩子叫俞子和。人长得帅，工作也好。不仅苏玉一万个称心，感谢老天让自己遇见了真命天子，就是苏玉的爸妈，对俞子和也是十二万分地喜欢。

俞子和及他的父母也都很看好这份情缘，尤其俞子和的母亲，那更是积极，两人恋爱也不过三个月多一点点，她便催着俩熊孩子早些把婚事办了。

婚纱照拍过了，吉时良辰定下了，请柬也发出去了。由于家境好，爸爸妈妈人脉又广，苏玉的婚礼被筹划成一场豪华盛宴，尽管压缩了又压缩，礼席还是足足排了八十桌。

可是苏玉做梦也想不到，一个意外的结局正静静地等着她这位准新娘！

大喜日子的晚上，灯火辉煌的婚宴大厅内，每一粒空气都胀满了喜庆。

宾客济济一堂，笑语喧飞，闹腾喜庆的音乐放了又放，大屏上二人甜蜜的笑脸闪亮了来宾的双眼。

吉时已过，可是，新郎没来，他的父母也没来。

电话打过去，不通，不通，始终不通。

这一场婚礼，新郎彻底失踪了！

这让苏玉一家人情何以堪！她的小姐妹在场，她妈妈公司的员工在场，爸爸的同事在场，亲戚、朋友在场！

这玩笑开大了吧，这意外太尴尬了吧！叫她、叫她爸妈，日后何以见人。从今这世上，又有哪个角落，可以让他们有面目立足。

第二天，苏玉病倒了，整个婚假，她在床上度过。这期间，她办了辞职手续。她如何还有胆气去见原来的同事呢？

恢复到能行走后，苏玉强撑着去找俞子和，她要问个明白。

她去了俞子和家，可是他家原来的屋子已经另有其主。她又去了他的单位，得到了消息是：他早就离开了，一个月前。至于去了哪里，单位人也只是茫然地摇头。

## 肩上的地狱

### 1

我真的不知道，竟然会出现这种情况，简直是飞来横祸。什么不好的事情都可以发生，可是为什么偏偏拿我女儿婚姻大事来报复？

我是个传统的女人，一心相夫教子，要为女儿示范，摸索出一条幸福的路。虽然我运气不错，公司发展兴旺，但到了家中，就是一个普通的家庭煮妇，始终为他们父女俩洗手做羹汤。

内外兼修，老天眷顾，一家子和美幸福。在这样的家庭里，在我和他爸的呵护下，小苏玉一天天长大，如我理想中那样，阳光、自强、自信。

她与俞子和恋爱，筹划婚礼，我心里那个欢喜的，如开花一般。俞子和那孩子，条件是样样好，脾气、长相、为人，哪里舒适他往哪儿搁。我庆幸着，最称心的事就数女儿这桩婚事了。

哪里想，黄粱美梦一场，醒来发现是一场灾难呢？

都怪我被开心冲昏了头脑，两个孩子才认识三个月，在没有登记的情况下，俞子和家就催办婚事，我怎么就一点都没怀疑呢？

幸福来得太突然，应该警惕的，不是吗？应该心里"咯噔一下"，问一声："这是真的吗？不会有什么问题吧？"

偏偏一家子都沉浸在欢天喜地里，忙里忙外地兴兴旺旺地筹办着婚礼事宜，根本没想到是正一步一步地往坑里跳。

算来，这天大的祸事，却起因于我公司里一位普通的员工，由起一件正常的事情。

但是同样一件事，在一些人眼里，却被认为正常；但在另一些人眼里，却可能被认为太过分了，都是你们在整我，是你们害了我，从此，与你不共戴天。

宋小英就是这样的人！

我哪里想到，她是俞子和的准丈母娘！

她在我公司工作有二十年了吧？负责财务项目，因违反规定，三年前被公司辞退了。

当时，看在公司老员工份上，我慎重考虑，放了她一马，要是上纲上线，她犯的错，给公司带来的损失，都够得上追究法律责任了。

可是没想到，她非但不念情，相反却怀恨在心，一直处于羞辱与激愤中。准女婿也真是深爱她女儿啊，竟做了帮凶，上演了这一出报复的戏码。下手也太狠了啊，向我女儿一生的幸福挥刀，并且让我们全家沦陷。

坏人得逞，在笑，我们家人却从此一直挣扎在纷至沓来的痛苦中，尤其我女儿苏玉的婚姻大事，从此好似成了一条波涛汹涌的大河，横在全家人面前，不知如何才能渡向彼岸。

## 2

苏玉把她这段莫名的经历告诉了我，让我下巴都惊掉到地上了，世上竟有这么荒谬的事！

她爸妈都是场面上的人，那婚宴搞得轰轰烈烈，风风光光，这如今，叫她一家如何收场？

更惨的是，苏玉的情感，婚姻大事，以后怎么办？

本是优越家境里的娇娇女，世人眼中骄傲的公主。如今，却成了众人知晓的"弃妇"，落毛的凤凰了！

知晓了这事，我怎么也不能将其与平日里阳光、活泼、俏皮、幽默、大大咧咧的她联系在一起。

原来，这小丫头心底有那么大一个洞！

一切外在的欢笑，都只是为了遮掩内心的滂沱大雨，汩汩血流！

在中国，有哪个小伙子不是闻婚色变，纵你如花似玉，冰清玉洁，聪明灵巧，他也难接受你做他一生的伴侣！

好像不假啊！美好如苏玉这样的女孩，竟也不能幸免。上天并未如她表象所具的那样，给她格外的眷顾。

不知情的人看她如一颗耀眼的星，羡慕她；哪知背地里，她的命运却暗淡如一粒灰不拉几的小石子，硌得心骨生疼啊。

我所能做的，只是给她一点点的安慰，但说话时语气虚虚的，对她能否走过这片黑暗，我心下也没底气啊！

## 3

虽说俞子和是我幸福的杀手，可是我自己也有很大的责任啊。

从小，爸妈就培养我独立，希望我稳重，有能力引着自己一路走好。

可是在恋爱结婚面前，我却变得百分百的弱智。

沉湎于遇到俞子和的幸福里，对于婚姻大事都没有冷静地多想一想，其实，事后回想，这场恋爱有许多猫腻，还是有迹可寻的。

俞子和以及他父母急着催婚；我爸妈几次想送他一辆好车，他都一例找理由不接受，我要去领取结婚证也被他搪塞过去……

当时，什么都按他说的来，什么都顺着他的意，美滋滋地就等着做他的新娘！

我摔一跤也罢了，最让我痛心的是，这事深深地伤害了我的父母。我这个糊涂的女儿，让他们颜面尽失，蒙受了那么大的耻辱。又让他们因我而担心不尽。

我要努力好起来，我要过得幸福，这样，才能安慰我的爸妈，才能让他们心上的伤口愈合。

于是，我做了两件事，考公务员，积极投身我的相亲之旅。

唉，相亲这条路，让我走得遍体鳞伤啊！

虽然我发誓从心里坚强起来，可有时，痛苦就像吞下的毒药，还是会难以控制地发作，好多时候，我真感觉痛苦得扛不过去啊。

幸运的是，我渐渐发现，新单位的林邻书大姐，对我关心，温和又很善解人意，不知不觉，我苦恼不堪时，就下意识地找她倾诉。从她那里，我总能得到安慰，重获力量，又升起丝丝希望。

她对我说："苏玉啊，你也别太在意，有不少人，都经历过炼狱般的痛苦，说出来，都吓人一跳，只是你不知道而已。都会过去的，过去了，它就轻如羽毛。"这个我信。

但是尽管她对我说："苏玉啊，你不用急，最好的那个人，正在向你来的路上。"可是这个，我还真不信邻书姐。

想起我那一百零一次的相亲经历，真是泪欲满眶，寸寸愁肠寸寸结啊。

我不想向任何人隐瞒我这段经历，纸包不住火，世上没有比带着秘密生活更痛苦与恐惧的事了。

所以相亲时，我会向对方"坦白"这段往事。

可是一个一个的男孩子，都选择了退避三舍！

也有时，我迂回一下，待到认为时机差不多时才说，不幸的是，那几个最初投缘的男孩，也一样地、悄无声息地，留给我一个永远的背影。

每一次去相亲前，我，还有我父母，都是满怀希望；可是几乎每一次相亲回来，我们都只是再一次经受了精神上的烈火煅烧。

刚开始的时候，每次相亲回来，我爸妈还满心欢喜地上来问问情况；到后来，他们只是默默地看看我的脸色，然后，就什么话也不说了。

到现在，我的相亲经历，都可以写成一部书了，而邻书姐说的那个"最好的他"却始终没有出现。

这日上午，上班我就开始忙了。"玉姐，这个给你。"随着话音，一盒台湾产的咖啡放到了我桌上。

大帅哥汤宝林！想起一句话，"如果帅可以当饭吃，我能养活八亿人。"汤宝林就是这级别的。

"咖啡！还是宝哥哥懂我是咖啡控啊！"我大喜过望，一边欣悦地看着咖啡外包装的说明，一边感谢着刚从台湾回来的汤宝林。

去年，先前认识的汤宝林竟然也考到和我一个单位。他的乐观开朗，给我带来了不少的开心。

他对我也尊重，虽然大我两岁，但认了先入门的为师，人前人后，都玉姐玉姐的叫我。

邻书姐常常拿我开涮，"苏玉，我看你的'宝哥哥'很黏你的"。

想起看过的一本小说的名字：乌云边上的幸福线！宝哥哥会是我的那道幸福线吗？

不知道啦，我的胆子早被吓破了！唉，不知道，一万个不知道！

## 秘密

赵莉、林小叶、李瑶，三个人到中年的女子，情趣相投，闲暇时常聚在一起，或者去旅游，或者到农村劳动，有时也去唱歌。闲情时光，快乐有趣。

可有一天，她们的这种亲密关系，却因一个秘密而变得若即若离起来。

### 1

仨人的聚会，不少时候，会扩展成小家庭聚会。因此，老公们彼此也熟悉起来。

赵莉的老公莆国强，是某局副局长。赵莉常夸她老公学问深，素质高，人品好。林小叶和李瑶对此倒也没有不同意见，但她俩却受不了赵莉与老公的甜蜜，腻歪样儿。

"哎哟，让人起鸡皮疙瘩。"有次林小叶开玩笑说。

赵莉常把她老公捧得完人一般，每提到她家老公便一脸幸福的笑。在李瑶和林小叶面前，也毫不掩饰与她老公的亲昵和崇拜，说话总嗲得与年龄有点不相称。

林小叶与李瑶眼中，赵莉对老公的好，那都是可以当她们的标杆的。一言一行，总把老公放在第一位。她常说，老公才是一辈子陪伴她的人，所以对老公要最好。

每每感受着她的幸福甜蜜，林小叶和李瑶忍不住嬉笑她家两口子"永远在初恋"。

常听赵莉夸莆国强，林小叶和李瑶的心目中，他的形象越来越高大起来。如果说社会上的过度娱乐，不少男人流连于灯红酒绿的场所，曾一度让她俩否定爱情的话，那么莆国强与赵莉两个人的爱情，无疑是一道光，照亮了她俩心里的阴影。

受赵莉夫妇的影响，她俩回到家中，对自己的老公，也增了一份信任。不用怀疑呀，忠贞的男人有的啊！

可是让她俩始料不及的是，这座爱情的灯塔，会忽然有一天，在她们的精神世界里轰然坍塌。

# 2

一天，林小叶对李瑶说起一件事。

"我老公在超市购物，遇见莆国强。出了超市，打过招呼，已经各自走了，这时，莆国强又折回来，叮嘱我老公不要把这事告诉我！"

"为啥？"

"我老公也疑惑，见莆国强买了不少女性用品，又神秘的样子，怀疑他在搞外遇呢。"

李瑶觉得难以置信，"不会吧，你怎么看的？"

"开始，我也认为不会，说不定是买给他妈妈、姐妹，或其他亲戚呀。"

李瑶点点头。"是呀，这有可能啊。"

"可我老公说，如果是给这些人买的，为什么不能告诉我呀？而且还特地转回来叮嘱，定是怕我告诉赵莉！"

李瑶边轻轻点头，边沉思着说，"好像也有道理。"

这使李瑶想起另一件事，觉得两事放到一块儿，据此说莆国强有外遇，似乎真是那么回事儿。

## 3

那是一天晚上，她们几个聚会后回家，李瑶坐上了赵莉的车。车上，赵莉告诉她，朋友送她一件旗袍，她不喜欢那颜色，便搁家里衣橱里，但一天，无意中发现旗袍不见了，问莆国强，原来是他拿去送人了。

赵莉一听很生气，问送谁了？怎么不招呼一声？莆国强说你说过不喜欢。你不穿，放着也浪费，就送一个同事了。

说起这事的时候，赵莉情绪依然有些激动。"你觉得他这正常吗？不说一下就把我的东西送别人！"

赵莉平时心胸够宽，一般事儿不上心，生气也只是认为莆国强自作主张，并没有往男女事上想。但敏感的李瑶，听赵莉说后，就觉得莆国强这事不靠谱。不过，一想到赵莉两口子平时彼此信任，又想不会像她猜测的那么阴暗，便把这念头给打消了，也很快把这事给忘了。

现在，联想起来，两件事放一块想，李瑶和林小叶都觉得真有些蹊跷了。

## 4

"这事怕不宜在赵莉面前说漏嘴。"林小叶提醒说。

"那是当然,她对老公相信到崇拜,听到有这事,还得了?打死也不能说!"

从此,林小叶和李瑶俩人心中便装下了一个秘密。

自那以后,再看到赵莉两口子卿卿我我时,她俩心里就泛起怪怪的滋味,好像不仅仅莆国强在欺骗赵莉,她俩也跟他一伙似的。于是,每和赵莉在一起,她俩便有种负罪感,会很不自在,会一心想要从她身边逃开。

于是,她们仨人在一起的次数渐渐少了,每次赵莉约了一起活动时,她俩都尽量找借口推托不去。

她俩对自家的老公也没那么信任了——看来,忠诚不可能的啊!身边人,不知藏了多少秘密呢!

这种疏淡局面,在持续了大约半年后,因为一件事,最终才宣告结束,使得三人得以重拾过去的亲密。

## 5

林小叶生日那晚,仨人在咖啡厅庆祝。这期间,赵莉忽然告诉她俩,莆国强调单位了。

"是提拔吗?"李瑶和林小叶同声问。

"不是,是平调。"赵莉平静地说。

"平调?"李瑶和林小叶互看了一眼,心中暗想:"准是那事儿浮出水面,弄出风波来了!"

"是不是因为……女人的事?"李瑶吞吞吐吐地问。

"女人？"赵莉先是愕然，继而恍然，笑嗔道："哎，你俩瞎想什么呢，啥时变得这么复杂了。"

李瑶吐吐舌头。林小叶大睁了眼睛，直直地看着赵莉："那，你老公没出什么事吗？"

"出事？出什么事？正常调动啊。"赵莉疑惑地看着她俩。

"不过，下步可能会接班，新单位一把手快退二线了。"

"哦，那还是提拔。"俩人暗想。"有那种事的人还一样扶摇直上！"李瑶撇了撇嘴角："官场这都什么风气啊。"

赵莉又忽然想起似的说："对了，我老公前段时间悄悄资助了一对患绝症的母女。"

"资助患绝症的母女？"李瑶和林小叶同时惊讶地问，声音都变得有些尖厉了。"患什么绝症？为啥不告诉你？"

"那一对孤女寡母真不幸，妈妈得了乳腺癌，女儿得了白血病。我老公是通过晚报援助热线帮她们的，起初我正好在外出差，他便一时没告诉我。后来他觉得那对母女实在可怜，知道我这人心意软，怕我受不了，也担心我误会，就干脆不说了。"

"哦，原来是这样啊！"林小叶和李瑶吁了口气，一下子感觉释然了。

"那，旗袍？"李瑶突然想起旗袍来。

"嗯，旗袍送了那女儿，在她过二十岁生日的时候。"

"哦，原来如此！"可是林小叶又喃喃地嘀咕道："嗯，反正，我觉得，你老公独自帮助两个女的，总归不太方便吧？"

"也不是一人了，你们忘了吗？我们家有个跟他爸'一边'的，竟然也没对我透一丝风。"

"哦，原来你家雨嫣？"林小叶和李瑶想起了赵莉的女儿莆雨嫣，不觉恍然明白是怎么一回事了。

……

林小叶告诉了赵莉两个老公相遇的故事。"我和李瑶还以为是你家老莆在外有小三了呢。"

赵莉听了,连声笑骂道:"好人都被你们想成歪瓜裂枣了,你俩简单点好不好,还有,对自己也有点信心好不好!"

她们三个人都会心地笑了。

## 余生，还要一起把风雨穿过

　　无论怎样纯粹的情感，在漫长的岁月里，总会被侵蚀得千疮百孔。但只要你我还在一起走，那就是生命里最坚韧的一份情感，无可比拟。

　　所有唯美的回忆，只是没有经过光阴的洗礼，没有经过琐碎生活的锤炼，没有经过无情时光的淬火而已。

　　人生没有一帆风顺，更没有不遭遇坎坷的情感。所有那些让人羡慕的执子之手，与子偕老，都是人们只看到岁月积淀的光辉表象，而没有看到它背后经风著雨的斑斑旧迹。

　　看似平淡的生活，一路走来，那些个狂澜都被两颗心扯起的风帆远远地挡在了身后。

　　从欢笑着走到同一个屋檐下开始，种种的诱惑、陷阱、考验便迎面袭来，接踵而至。

　　生活的琐碎，各种的艰难。金钱的、仕途的、声名的、荣誉的和城市霓虹的闪烁，哪一样不在向平凡的心灵招手，搔首弄姿，眨着她妩媚的眼。

平庸便是岁月静好，简单便是最大的福气。而生气、吵架、伤害，那是一个又一个的"试金石"，情感的小舟便在生活的波涛上飘摇。是躲过一个又一个的劫，继续向前，还是破碎沉没，就看两颗心连得有多紧密。

走过了风，走过了雨。走过了笑，走过了哭。走过了恨，也走过了爱，如果还在一起，这种经过了千磨万击的感情，才最弥足珍贵。

所以如果若干年后，还在一起，那就好好相待，继续一起向前走。忘记伤痛，忘记怨恨，只记得那些好，只感谢还有你同行，把接下来的日子撒满花种。

如果还在一起，这情感，已然最是坚固。用不着等，从此把那些坏性子、那些蛮横、那些贪念、那些狐疑、那些摇摆，统统抛却，一心去善待那个一直陪你走过来的人。

因为没有哪份情感比得上这份的深厚。

试想，多少念念难忘，陪在他人身旁。多少情短义长，只是语言的道场。唯有那个和你磕磕绊绊的人，还在身边，风和日丽的时候，会牵起你的手。

一路走来不容易，多少烦恼和痛苦曾让岁月一团糟。然而回望，正是那些糟糕的时光，让你觉得百味缭绕，平凡的日子品咂生香。

一起迎过风，一起淋过雨的人，不要轻言放弃。因为总能走过来，所以不用担心来路上的曲折和挑战。没有什么风浪会大过年轻时的追逐与无知。

没有相伴，谈何怀念。没有经历苦苦甜甜，有什么值得回味。所以和你吵，和你闹，和你恨，和你恼，和你风云变幻，和你平平淡淡。只要不散，余生，最要抓紧的还是你的手。

一起走过了过去的风雨，接下来，还要一起，把将来的风雨也穿过。

第五辑 写给岁月静好中的你

## 待到岁月晚，我们这样相爱

四月的一天，参与一个团队赴外地学习。

十里不同天。出发时，阳光和煦，大地春暖，气温达二十摄氏度，大家只外面罩一件春秋衫便可以了。可是去往目的地的途中，便觉气温一路下降。到达目的地的当晚，又是下雨又是刮风，气温跳崖式降到八摄氏度左右。

第二日，要到另一个地方去，吃过早饭后，大家办理退房手续，准备乘车出发。发现降温更厉害了，从宾馆大厅往外走时，一股寒气便瞬间钻进全身，浸肌入骨，冻得人瑟缩，要往回退，而不是往前走。就有人说了，天气预报讲，今天最低温度二摄氏度。

我也随着瑟缩的人群，挤上停在宾馆外的大巴。然后，在大巴上，我见证了世界上一个小小角落里的温情的一幕。

外面下着雨，很急的雨。有人开始撑伞，可是风太大，哪里撑得开，只好作罢。有直接冒雨往车上冲的，有把衣服上帽子拉到头上，快速冲到大巴上的。一屁股坐下，有的又立即跳起，嘴里嚷着"冰凉！"

等都上车后,便听车内一片声嚷嚷"冷啊!""好冷!""师傅,开空调吧!"

这时,一个看上去五十多岁的人站起来,说要去拿衣服。

我第一反应,他去宾馆房间里拿,又一想,不对。房已退了,他是要下车,拿车行李舱里的旅行箱。

一会儿,他上来,穿了一件红灰双色的冲锋衣。嘴里开心地说,这下暖和了,不冷了。出来时,老婆硬要把这衣服揣箱子里。我说她:"天这么热,你让带这么厚的衣服,还不把人热死了!"现在看,老婆是对的。

一边说,一边嘿嘿地笑。

车上人都打趣他:"你老婆对你好吧!"他连连承认:"好!好!"有熟悉的说:"你家老婆对你关心真细,真周到。"

他拿出手机,就拨出去,当着一车人大声说着:"冲锋衣穿上了,里面羊毛衫也穿上了!""不冷,一点也不冷,你上班还没出发?"

车上人又打趣他"实行重大事项报告制度"。

他又嘿嘿地笑!

人老了,相互关心,就融入一饮一行的细微当中。

父母关爱孩子,是感人的。而老两口之间的关心,是互动的,有点依依相牵。

有点"你离不开我,我离不开你"的联结。

父母关爱孩子可以是单方的,孩子关心父母,也可以是单方的。

唯两口子间,是不能独立的。总是相互依赖,相互搀扶,相对、相跟、相随!

年老时,你在,我在。问一声,粥可温,衣可暖,便是世间桃花源。

## 两口子不纠结

也许是累了，心情很低落。

坐在公交车上，云的前面是她的老公风。

两个人都有些毛了，看谁都不顺眼，态度都恶狠狠的，这不，正赌气，都不肯坐一块儿了。

这个时候，要是风的旁边，坐着一位陌生女子，风立即会彬彬有礼起来。而云的旁边，要是坐一位眉清目秀的帅哥，云也会立马温柔起来。

两口子就是奇怪，本来是你侬我侬地走到一起，眼里都没有别人的两个人，最后却容易成为世上仇最深的两个似的。

乌鸡眼对着王八羔子！

想到此前，风的恶声恶气，以及那张能杀死人心的脸，云下意识地伸出大拇指和食指，比划成一把手枪偷偷地对着风的后背。

毙了你！毙了你！

云咬牙切齿，低声咒骂着。

到家了，云与风下车，沿着小区内小路，仍然一前一后地往家走，两个人都冷着脸。云感觉他俩之间的空气，能把一团火冻成冰。

她忽然打了个寒战。

是啊，怎么会这样？又怎么能这样！

她借口去买点东西，让风先回家。

一个人，空气似乎放松了，她的心情也渐渐舒朗起来。

其实两个人之间也没什么，都是态度和口气惹的祸。一语伤人六月寒。一句话把人说得笑出来，一句把人说得跳起来。

前期，媒体曾有报道，两个人，为了一碗面多收一元钱而起争执，最后弄出一条人命来。看看，犯得着吗？

当然，话语态度不好，本质上，是素养和心胸不够的表现，因此，平时还是要加强修炼啊。

两个人，尽量有话好好说吧，实在说不拢的时候，就暂时分开一下，各自冷静冷静。

然后，会觉得，先前咋那样，多大点事。

此时，云便是这样。吃了根冰激凌，心头的火也熄了。而推开家门，迎接她的风，脸色也不知啥时已经阴转晴了。

于是，两个人又成了亲密的两口子。

## 因为有你，我才得以体面地行走在人世间

周末，与先生一起回老家。

路上，先生说："爸爸现在思维很清爽！"

"都是因为奶奶照顾得好，要是感情不好的两位老人，早怕……"

对于我的这一论断，先生深以为然，沉吟着发出认同声。

公公过去是教师，琴棋书画都通。而婆婆是不识字的农村妇女，整天只知干活，性情温和，寡言少语。两位老人，一辈子没有红过脸。

"但大概感情也不深吧，"我曾这么揣度，"不讧不吵，不得到老呀。"

儿子们相继成家之初，公公是有点封建家长思想的人，因此，同一个屋檐下，家人间难免有个声音高低的。每当哪个儿媳与公公发生龃龉，气氛不太愉快时，婆婆仍是默默地不说一句话。从不表现出对公公的袒护，甚至好像还站在媳妇那边似的。这些，都让我确信自己的猜测。

可是到了公公婆婆真的老了，尤其是公公身体不好以后，我才明白，我错远了。婆婆只不过是用默默承接儿媳的怨气消解矛盾。

到了七十岁左右,公公心脏、胃病有些严重了,这时,每次去医院,婆婆都陪在公公身边,不会因为有儿子在,就在家中等候。"我跟着去才放心,在家我会着急。"婆婆急切地解释她要去的理由。

　　公公到了七十六岁往上,可能是患上老年痴呆,一夕之间,记忆力急速下降。生活能力也渐渐地弱下去。

　　自那以后,婆婆忽然变得话多起来,每次我们回家,便忧心如焚地告诉我们,公公怎么刚吃过饭又说要吃,才去镇上取过了工资又嚷着要去……"不知怎么好,怎么会变成这样的。"婆婆叹息着。

　　村里有家打铁的。不少人家,用一只特制的铁皮壶,到他家去烧水。公公婆婆吃的也是这种水。我便猜测会不会是这水有问题,伤害公公的记忆力。婆婆听我这么说后,就再没到铁匠家烧水,都改用家中铁锅烧了。

　　农村的老人讲迷信。有次姑奶奶怀疑公公这样是不是撞鬼了。于是,婆婆便去给公公算命。算命的说公公活不到八十岁。我们回去时,婆婆告诉我们:"这怎么好呢,我愁煞了。"

　　公公每天需吃好多药,有七八种,都是婆婆照顾他吃。婆婆不识字,都不知道她是怎么分得清这些药的。

　　婆婆以前不会打电话,一向时髦的公公用的还是智能手机。当公公手机打不灵便时,婆婆竟然学会了打儿子们的电话。这个,我也觉得太神奇了,她是如何从那一大串号码中找到儿子们的呢?

　　婆婆一步不离地跟着公公,生怕他走丢了。有时正在烧饭,一抬眼,发现公公出了院门,便熄了灶火,忙忙地追着跑出去。

　　这次在家,我们又目睹婆婆仔细地照顾着公公吃饭、服药、穿衣、喝水。有时公公还没说出来,只一个动作,一个神情,婆婆便知道了他要什么。我感觉他们好像合为一人了似的,那么默契。

　　公公自己还讲,村里一位老爹爹,一个人,没人照顾,身上一股异味，老远就能闻到。遇见公公，还跟公公握手，然后他回来那手都要洗过半天。"他一个人，没人照顾，可怜啊！"公公感叹。

是啊，公公清清爽爽，精气神也不错，记忆力也相对稳定了，没再急速地下降。

公公过去很傲气的一个人，没见他夸过婆婆。现在反倒经常说："你奶奶好，她这人善啊！"

公公是不幸的，渐渐滑入到别人进不去的世界中；公公又是幸运的，因为有婆婆照顾，他依然体面地行走在世人面前。

## 最幸福的对话

岁月静好，与子偕老。从少年，到白头，执手相安，走过一生。

今天，中秋节。

晨醒。窗外鸟鸣声声。

听到一阵对话，越听越觉得是世上最幸福的对话。

"你去买点口条。"妈妈在吩咐。

"就是猪舌头吗？"爸爸问。

"嗯。"

"那东西有什么好吃的？"

"哎哟，叫你买你就去买。他们都回来了，老大今天也回来。"

"天阴呀阴的，晓得可会下得雨来？"爸爸不知咋把话题转到天气上了。

"你别着急呀！"这算是安慰吧。前阵子久不下雨，作物都渴得要死，把农人心里焦的。

"还说三天有雨，不知可会有？"爸爸继续他的疑问。

"三天总会有一天有的！"安慰也在继续。

"你去买点豆腐、茶干。"妈妈又把话题转到买吃的上了。

"还要买什么？"

"看看再买点苍蛤。"

"哦，就是花蛤吧？"

这时高时低的声音，这一答一应的对话，基本上是妈妈发"指示"，爸爸去"落实"。

有时也会声高起来，基本上是爸爸提出不同意见时，立即又被妈妈给"打压"下去。

这是两位八十岁的老人，早晨起来前，坐在床上的一段对话。

发生这段对话时，他们在东房，我在西房，中间隔个明间（厅堂）。二哥三弟两家住在后屋里，而大哥一家正准备回来。

这样的对话，我从小听到大，听到老。

这样的对话，一般晚上也有一场。内容多为总结当天，"计划"明天。也或者就东说两句，西拉两句。

晚上，对话结束，熄灯，休息，寂无声。早晨，对话结束，起床，新的一天开始。

老了的时候，还能像两位老人这样一早一晚地对话，是多么幸福的事。

所谓"执子之手，与子偕老"，就是这样子的吧。

## 轮椅后面的老人

雨，下得正猛。这天阴了好久了，大概一月有余。中午回家，为避雨，开的车。雨刮器狠劲地刮着。

转进小区里，突然，透过朦胧的车窗玻璃，前方，迎面一幅熟悉的图景撞入眼帘——

一辆黑色轮椅，一把撑开的绛红色伞。伞下，轮椅背后，两位老人扶着轮椅，缓慢地向前推着……

前面的是位老爹爹，后面的是位老奶奶，双双看上去七十来岁的样子。如果细看，会发现，老奶奶扶着轮椅是向前推的，在老奶奶"怀里"的老爹爹则是扶着轮椅被带动着向前挪的。

这画面，映入我的眼中若干回了。春夏秋冬，四季轮回，晴天雨日，未曾间断。一日复一日，两位老人这样走着，老奶奶慢慢推着车，老爹爹向前挪动着步子……一直这样走着，没有变化，已经有两三年了吧。

变化的是，轮椅前行的速度比最初我看到的快些了，老爹爹的腿挪动得略显灵活些了。

每次遇见两位老人这么走着，迎面而来，慢慢向背后远去。或者，我从后面上来，看到他们在前面走着，然后又落到我后面。我都会忍不住地看着、看着，再回头看，内心有感动的潮水不知不觉地涌起。

　　老爹爹或者是中风了，或者是什么情况导致双腿不能正常走动。老奶奶就这么扶着、帮着，让老爹爹恢复着……

　　这两位老人是少年夫妻老来伴吗？或者，老奶奶只是雇来的？我不得而知，每次从他们身边经过，都没有捞到询问。但看到那份默契、那份细心、那份坚持、那份柔韧，我想，他们应该是前一种身份关系吧。（整理此文时，已确证是老两口）

　　老爹爹或许是不幸的，发生了这样的变故。而老爹爹又是幸运的，因为，身边有老奶奶日日不弃的相伴和扶持！这画面，传递给我的，是温馨和幸福的信息！

## 像照顾孩子一样照顾另一半

年轻不懂伴侣好，等到知时岁晚了。

天好冷，虽然午后的太阳斜斜地照进屋里，坐在明间的我，依然怕伸出手来，坐在电脑前，打两字我就缩回手，搓搓！

这时，公公从房间里出来，走出大门外，大概是要去洗手间。他竟然没穿羽绒服，我一见，下意识地提醒道："把衣服穿上，别冻着了。"

在门外天井里洗东西的婆婆一看，也着急了。抱怨道："怎么能不穿衣服，等下冻感冒了。"

说着，便站起身，往屋里来。拿了公公的羽绒服便往外走，一边说道："肯定是着急要去洗手间，来不及穿了。"

公公今年还差一天就七十九岁，婆婆比公公还大一岁。但公公的身体状况更差些，因此，近年来，在照顾自己方面越来越不利索了。

这时候，婆婆就担当起照顾公公的责任来。从穿衣，到吃饭，到出行，全方位地照顾，像照顾不知事的小孩一样。

人真是不知道自己老了以后会是什么样子。公公年轻时一直是有很强优越感的人。

一辈子当老师，做学问的人。而婆婆是普通的种田妇女。又加上公公还算是多才多艺，吹、拉、弹、画，都能露一手。尤其发挥绘画的才能，制作中堂，让家庭保持较好的经济收入，功不可没。

婆婆又是传统的贤妻良母，因此，这是一个不树男权，男权自威之家。公公在家里的地位，一度无疑是不可撼动的。

但现在，公公老了，老成了小孩。给他无微不至照顾的是婆婆。与外界的一应联系，现在也都由婆婆来了。过去，打电话给我们的是公公，现在，我们打的电话多是婆婆接起。

从两位老人老来相互照顾的情境中，我一次又一次地体会到了"少年夫妻老来伴"的含义。因此，现在教育起自己的老公，都有了活生生的教材。"你看你爸那么离不开你妈的照顾，现在，还不赶紧对我好点，否则，老了，我可不照顾你！"

讲真，我一直认为，公公婆婆一辈子和睦，没有争吵。因此，晚年才有如此相互照顾，以及到后来，更多的是婆婆照顾公公。而那些年轻时有过伤害的夫妻，能不能这样照顾，我就不知道了。

但有一点是肯定的，如果没有老伴的照顾，晚景会非常凄凉。也见过农村里晚年落单了的老人，邋遢遭人嫌弃的样子，实在很可怜。

也听说过一位年轻时对老婆不好，在外风流快活的老爹爹，晚年住院后，病床边除了雇工，没有一位家人去看他，很惨。

照顾小孩子好容易，因为小孩子可爱，让人愉快。而老人则没那么讨人喜，所以照顾老人，没多少人会乐在其中。只有兔死狐悲，惺惺相惜，有了精神依赖的老伴，才会出于自愿予以照顾。

这份照顾，有赖年轻时结下的夫妻情。

## 爱似泉眼，情如细涓

小爱一吃过晚饭，就立即钻进书房，坐到了电脑前。对了，此前，他没忘和书俊招呼一句：我不陪你啦。

都说婚姻情感有三个阶段，吸引阶段、价值阶段、角色互补阶段。而大部分感情问题都出现在价值阶段，这时会有误解、冲突，继而吵架、冷战、权利争夺、出轨、分手、离婚等。

小爱和书俊结婚都二十年了，两个人的情感状态应该进入了第三阶段，小爱觉得他俩是越来越默契了。如果没有外在的压力，这个时候的二人世界，可谓岁月静好。

可是生活总是在变化中前进的，需要应对的无法意料的困难和挑战，那真叫一个应接不暇，而生活的意义大概也在于此吧。否则，太平淡的生活，也会让人精神疲惫的。

瑞士的国家福利据说是世界各国中最好的，人们生活在无忧无虑中，但是这个国家中患抑郁症、自杀的比率恰恰也是全世界最高的。

有句话是这么说的，生于忧患，死于安乐，大概也是道出了藏在其中的生活的哲理吧。

小爱和书俊最近就遇上了一桩新的困难。

世界上最大的困难，就是经济压力了。有了钱，什么问题都会迎刃而解。没了钱，什么好日子都会过成尴尬、尴尬，还是尴尬。

他们两口子本来收入就不高。小爱经熟人帮忙，安排在一家汽车销售4S店工作，活儿不重，工作环境也好，可是上班卡时卡点，一步不得离开，也干不得半点私活，每月工资两千多元。

书俊在一家磨具公司上班，活儿比较苦，干的是过去人们常说的三字活，"脏累差"，一个月也就拿三千多元的工资。

这么多年，两个人节衣缩食，也把女儿培养读了大学。虽然家庭条件不好，但也还过得去。

可是前年以来，他们的家庭开支突然成倍地翻。孩子读大学比过去支出多出不是一个数。同时，两家的父母，年事高了，常常这个胆囊炎住院，那个结石动手术。祸不单行，福无双至，各种压力忽然齐齐地扑面而来。

身边的同事，都为孩子在大城市买下房子。而他们一家还住在一个老旧小区的八十多平方米的房子里。过去觉得只要女儿生得好，将来学习好，这方面的压力可能小点，现在发现，形势变了，不只是养儿子的人家要考虑房子，养女儿的人家，也要考虑了。小爱不知道该说现在是男女平等了呢，还是因为一家就一个孩子，谁也不想自己的孩子被人看低一眼。

于是，两口子咬咬牙，也在本市买了一套房。交了首付，余下的就都是贷款。

这下，两个人压力空前地大。

要如何才能赚到钱呢？小爱头脑一闲下来，就考虑这事儿。现在钱真不好赚。同龄的人也有不少业余开网店，做微商的，但基本上也是投入的热情多，收获的银子少。况且小爱又不可以盯着手机看，也不可以随时接单安排送货，这条路她是走不通了。

她突然想起自己高中时作文比较好，又现在看到许多人搞写作赚了钱。以前是博客、微博，有听说日进斗金的。现在据说是微信公众号。阅读量高的可以接广告，她就跃跃欲试。

书俊听了小爱的打算，心想，人家多少年轻人，写的东西还没人看。你个老奶奶了，况且结婚这么多年，就没看你写个字，这不异想天开吗。可他不想打击她，于是就劝她说，写作太辛苦了，你不要担心钱的事，这事我有办法。

书俊这么一说，小爱顿觉心头轻松了许多。她也不明白，为什么书俊这句安慰她的话，就让她增添了信心，变得踏实起来了呢。尽管她压力减轻了，可是她也不想让书俊太辛苦了。因为都知道，钱不好赚，所以担子不能压在一个人肩上。因此，自打有了写的念头后，她就真的开始天天雷打不动地，晚上准时坐到电脑前。

书俊心里也在暗暗地焦急，有什么办法能够赚钱呢？小爱已经行动了，可是她那法子哪里能有效果啊。他心里想，要是过一段时间，发现苦都白吃了，到时，她岂不是一个绝望了得。

不久，书俊又在本市另一家公司找了份兼职，毕竟他有技术，可以靠"本事"赚钱。虽然赚得可能不多，但是招招能落到实处。不像小爱，她那办法，搞不好招招都落了空，还会让自己堆个满心的挫败感，他想早日让小爱从压力中解脱出来。

自从兼职后，书俊没有一个休息日，周六、周日都在工作，平时也正常晚上还得加班。难得今天在家，他想多与小爱说说话。可是小爱一头钻进了书房中。

不想打扰小爱，书俊便难得地看起电视来。他看了一部老电影，看到后来，他跑进书房叫小爱。

203

"小爱，这个电影，你必须来看看。"

小爱很疑惑："为什么？"

书俊急切地说："讲的就是一个人从事写作的故事，真是呕心沥血啊，你还是不要写了吧。写作这活比干什么活都更要人命。"

小爱心头一动。她说："没事，我和别的写作人不一样，我只是记录生活，不是苦心孤诣地榨脑汁，你不用担心。"

末了，她又强调似的加一句："我反而感到，写的时候很快乐！"

## 过到老，我后悔年轻时和他争吵

### 1

和一闺蜜聊到自己的另一半，她感慨，到了四十多岁，就会感到伴侣的好，后悔年轻时和他的争吵。

深有同感，我和先生年轻时也是，爱争个高低，遇事要讲个理儿，常常发生一些矛盾和不愉快。

俗话说，小吵怡情，大吵伤情。如果能把握住吵的度，就事论事，那就没什么大问题。但如果争吵中，情绪失控，飚狠话，发生冲突，那就糟了；发生暴力，那就很糟了。

年轻人总归会心高气傲，谁也不服谁。可是到了老了以后，会觉得，那时很可笑。曾经在那些小事情上大动干戈，真的格局太小，怎么那样蠢。

## 2

越过到后来，越会发觉伴侣的重要。不时地，因为另一半的存在，你心里会感到踏实。也因为彼此的关心，而感觉到生活的温馨。

有天晚上，我和先生一起散步，遇见一位落单的闺蜜。夜色中，看着她明显孤寂的身影，忽然觉得，啊，原来我身边有他真幸运，要珍惜。

我和先生在一起，说说话，心情是愉悦的。而不时说到某事时，还会不住地笑起来。而她一个人散步，得要想到什么开心的事情，才会让自己脸上也绽开笑容呢？又得要连着想起多少件开心事，才能让自己脸上一直挂上笑容呢？

最常见的，逢年过节，别人家都成双入对地进出，落单的人能与谁同行呢？

## 3

况且现在年轻不在意，越是老时，越会发觉身边有个他，真不是一般的好。

我现在从我爸爸妈妈、我公公婆婆身上，时时刻刻都感受到这种感觉。他们一起说说话（哪怕斗斗嘴），他们一起做事（哪怕一个房间看书，一个院里洗衣；一个在这块田里，一个在那块田里），都折射出岁月静好的光景，身体和精神都呈现出更好的状态。所以老伴、老伴，老来相伴，多么必要、多么幸福。

现在子女往往都不在身边，只剩下两位老人彼此相互照顾。或许会有邻居，也有朋友，但到了晚上，到了行动不便，或者有个头疼脑热时，能够一刻不离地陪在身边的，也只有伴侣了。

## 4

前几年有位熟人提到他父母，年轻时，父亲几乎不着家，对他妈妈感情很冷淡。可是到了退休后，却一步不离地跟着他妈妈。这时候，风水轮流转，年轻时受了父亲气的妈妈，此时没有好脸色给父亲了。但是任打任骂，父亲却是赶也赶不走，就笑嘻嘻地跟在他妈妈身后，什么脾气都没有。

因为到老了，他父亲终于明白，还是自己的老伴最重要。

## 5

现在不少年轻的女孩，把事业看得高于家庭，认为一个人过更有价值，更幸福。组建家庭，生活质量被拖低，自己会付出许多无谓的牺牲。

这是因为她看到的低质量婚姻居多，感受到婚姻的负面信息居多。

没有好的婚姻，的确是宁可单身，也不要被困在小窝里，把人生拖垮。但大部分婚姻，只要经营好，绝对会比单身让人生更丰富，让生命更饱满，让岁月更温馨。

## 6

好的婚姻，离不开情绪的克制。千万不要和对方大吵，有事要商量着来，多注意沟通，两个人共同成长。

在两个人的相处中，有一点很重要。就是不要以自我为中心。好多婚姻的致命伤都来自这个毛病。希望对方对自己俯首贴耳，按照自己的意志去行事。这是不可能的。两个人是平等的，必须要尊重对方。在一起是为了1+1大于2，不是为了谁控制谁，在相互掣肘中能量相消耗。

## 7

　　幸福的婚姻，并不难获得。都说婚姻是爱情的坟墓，家庭生活一地鸡毛。这都是因为没有认真去学习怎样好好经营婚姻的缘故。

　　总是希望对方对自己好，自己却不肯付出，是不可能得到幸福的婚姻的。索取，往往收获的是失望，怨恨，感情出现裂痕。而如果主动去关心对方，为对方付出，则自己心情好，也会让对方感到幸福，然后，对方会加倍地对你好。

　　你付出的爱，最后还是会回到你身上。

## 8

　　现在有"巨婴"之说，被父母宠爱长大的年轻人，已经结婚了，也有娃了，可还是像个小孩一样。指望着伴侣像父母一样照顾自己。

　　这种角色定位千万要不得。

　　古时候，许多年轻人十几岁就上战场，保家卫国。霍去病封冠军侯时才十七岁。我们现在许多年轻人，二三十岁了，却还在玩游戏。曾有位年轻的妻子抱怨她的丈夫，不思进取，还撩妹。这样的男人，没有担当，没有责任，根本把自己活成了一根废柴。

　　所以男人要警醒，别让自己活得这般窝囊，没出息。若干年后，连你的后人都会瞧不起你，以你为羞。况且你若做不了一个好父亲，一般来讲，你也没有优秀的后代。

　　女人也要温柔。不要总把自己当小孩，希望老公照顾自己，常常撒小女孩的坏脾气。依赖、指责、抱怨，只会让你的老公更不求上进，更不成器，更不尊重你。

　　伴侣是什么样子的，某种时候也是自己的样子在对方身上的映照。

都说，成功的男人身后，必定有一位成功的女子。反过来讲，每一个幸福的女人身后，也必定有一位能担当的男人。

9

两个人在一起，不要把宝贵的时间和精力用在相互指责、攻击和依赖上，而要用在相互关爱、共同进步成长上。

争吵是普通人解决矛盾的方法，大吵则是笨蛋解决问题的方法，攻击则是疯子处理问题的方法。

聪明的人，关心对方，时时给对方带来温暖和惊喜。懂沟通，主动去了解伴侣所想，支持、鼓励彼此追求进步。

愚蠢的人，把时间和精力放在低级趣味上。傻子才不尊重伴侣，做出伤害伴侣的事。而疯子，才会做出欺压、打击伴侣的行为。

你若明智，与伴侣好好说话。你若聪明，去关心和呵护伴侣。你若成熟，和伴侣一起，做有更高追求的人。你若机灵，常在伴侣耳畔念叨他（她）的好，常感恩伴侣为你的付出。如此，你会拥有幸福人生。

不仅幸福自己，还幸福家人。

## 掰开一只饼，续起一世情

这是很久以前的故事！

故事的主人公，我们姑且以男人、女人称之吧。

现在，这男女二人，都已经是九十多岁的老人了，相扶相搀，共度幸福晚年。可是年轻的时候，差点就劳燕分飞了。

说起来，也就是普通的夫妻之间的醋啊酸的，争啊吵的，小打小闹引起的。

男人在生产队是队长，女人是农村普通的小媳妇。

这两人就有差距了。队长可厉害了，那是村里多少小媳妇、大姑娘都要往怀里钻的。

终于，有一天，女人忍不住了，照例在大吵一架后，一个愤怒地吼出："离婚！"另一个愤怒地吼回："离就离！"

离婚，不是那么容易的。得要到镇上去办手续。那时节，要到镇上，得走水路，坐着船去。来回得一天。

于是，男人、女人，带着中午的干粮上路了。

船在行，二人一路，谁也不理谁，都闷葫芦似的。

临近中午，女人从行李包里，掏出中午的干粮：一只玉米饼。她默默地将饼掰成两半，一半留给自己；别过脸去，将另一半递给男人。

男人，此时，却突然僵住了，不去接那半只饼。一会儿后，他对女人说："这婚不离了，回家去吧。"

女人愕然。

男人说："饼掰开就再也合不起来了，两个人离了，就再也不能在一起了！"

于是让撑船的把船掉了头，回家。

那时，男人、女人都只才三十多出点头。自那以后，他俩不要说没有大的矛盾，就连小口角都再也没发生过。

## 两个老顽童工地探险记

　　老爹爹老奶奶快五十岁了,还童心未泯。这不,新买了房,便兴冲冲常跑去看。可是工地还在施工,不能进去。于是,这两个人便做出了小孩般的事来。

　　头天跑去看时,扑了个空。但也有收获,就是发现一处围墙,上面开了工人进出的小方洞。于是商量,等次日工人下班时从那里爬进去。

　　老爹爹上班时就激动地等着那一刻的到来,电话中叫老奶奶准备好纸笔,他进房子时,用卷尺丈量实际面积,并让老奶奶提早溜班。他跟班车正好靠近房子那地儿下车,而老奶奶从班上直接过去。

　　老奶奶提前了二十分钟,但老爹爹还是在她前面就到了。他催老奶奶打的,那时老奶奶已接近房子,不想花冤枉钱。但到了现场,老奶奶发现还是老爹爹是对的。

　　工地上比外面更暗,大概是林立的楼群遮挡了光线,又加之灰色的建筑,那片天空更暗了。

　　最大的难处是,到处堆的建筑材料,到处是烂水洼,到处是正在施工的地下车库，到处是竖立着的钢筋。应该讲，危险随处都有，一不小心，就可能掉到坑里，或者踩在钉子上，或者陷到水洼里。那水洼大的简直像小湖了。

两老口瞅着没人时，从那个小洞里钻了进去。

在外面看时，是一栋一栋连在一起的楼。到里面一瞧，除楼与楼之间互相错开，各种脚手架，各种堆积的木材、钢材、砂石堆，简直构成了迷宫。

老两口一进来，就不知身处何地了。

老爹爹在前，老奶奶紧随其后。踩着坑坑洼洼的地面走着，一会儿踩在木板上，一会儿踩在沙包上，一会儿踩在泡沫板上，一会儿踩在钢筋上。泥浆粘在了鞋底，水漫过了脚面。

好不容易绕到大概他们家房子所在处，也不确定是否是。问工地上偶尔出现的一两个工人，有的摇头说不知道，有的说这栋是的。

一楼离地面大概有两米高，老奶奶没法上去了。但还好，有一张简易的高凳一样的梯子，老爹爹先上去。老奶奶看着那凳子像要散架了，不知道工人怎么敢用这凳子的。

战战兢兢地爬上去，不是老爹爹在上面拉一下，老奶奶根本没法上到房子那一层面。进得里面，还都是黑色的水泥墙，显得更黑了。

沿着极窄小的楼梯，向楼上去。楼道实在是太黑了，老爹爹一边抱怨"我让你早点来你不听"，一边打开手机上的电筒照明。

走到四楼，地面大概已经贴好瓷砖，上面铺了一层包装袋的布作保护。见里面黑咕隆咚，老奶奶心生怯意，建议老爹爹不要量了，赶快出去，别等下天黑了，下不去。

大概也意识到，情形不太妙，老爹爹没有丝毫犹豫就答应走人。

可是走着走着，却找不到当初上来的那个位置了，都在一个一个房间里打转。没有凳子，两米高，下面又是凌乱的建筑材料，根本没法下去。

后来，走到了一段两边还搭着脚手架的窄小的楼梯，老爹爹说应该从这边先上去再下去。老奶奶嘀咕来时不是从这里的，因为这边要猫着腰才走得过去，来时好像没经过这么窄小的地方，没有印象是那等艰难地穿过的。

不过，上去后，发现对了，因为凳子就在那里。还是老爹爹先下去，老奶奶坐下来，再把一只腿伸着去够凳子。大概感觉到老奶奶这样子难度较大，显出危险来，老爹爹在下面紧张地"哎哟"了一声。

的确是的，老奶奶有点够不着凳子。于是侧过身子，让腿长些。还好够着了，下面老爹爹一手扶凳子，一手架着老奶奶，老奶奶把另一只腿也挪下来。然后老爹爹把凳子往外拉开，老奶奶从凳子里面下去。幸好，平安着陆。

但是数一数后面那栋楼的层数，十层？懵了，他们家后面一栋楼是七层。因此，冒着这么大危险看的是别人家的房子！

老奶奶催促老爹爹赶紧返回，房子看不看已经不重要了，要是天完全黑下来，这里百分百走不出去，到时被困在里边，就不可想象了；或者遇到什么凶险，出了安全事件，那就弄出大笑话了。

沿着原路返回也不那么容易，因为辨不清是不是来时的路。利用两个人的记忆，总算摸到了那个洞口。呵呵，出了洞口，方舒了一口气。

## 眉下有爱情，低首是世界

　　邻近市郊的一个小镇上，有一栋临街的楼房，房子里住着的，是位八十一岁的老人了。

　　房子和所有门面房一般，连成一片。走到屋里，纵向很长很幽深，给人别有洞天的感觉。上下共三层。

　　室内收拾得窗明几净，纤尘不染。

　　一个老人，怎把这么大房子收拾得这么整洁？原来，房子是她小女儿的，小女儿有洁癖，不收拾干净，会被说的。

　　这小女儿生性刚强，又加上上面有四个哥哥护着，在家是老幺，因此，从小就被宠坏了，最后，个性要强的她，没能保住一份"亲上加亲"的婚姻。

　　看家里装潢的格调，可见女主人是个既能干又有内涵的女子，既如此，怎么就会落得孤身一人的悲摧地步呢？

　　太要强，凡事撕破脸就没回头的余地。

　　小女婿后来娶了一个比他小二十多岁的小女人，又给生了个儿子。

加上生意做得大，成了京城里的大亨。这么说，这个男人真是一生过得有头有面，风光无限啊。

小女儿在外面，生意也做得不错，钱也赚得多的是。但一个没有家庭的女人，似乎是不完整的，在外人看来，总觉得有些遗憾。

而小女儿的儿媳，则跟小女儿完全是两种性格。她儿媳的故事，比起她的遭遇来，不由让人感慨，人，为了自己想要的，不妨放下身段。

小女儿的儿子，长得一表人才，是京城某部公务员，又加上有个有钱的父亲、母亲，可谓当今的"钻石王老五"。

可是"王老五"的小媳妇那长得可真是一般般。不仅长得一般般，那身高更是与"王老五"不配，王老五一米八五的高挑身材，小媳妇则一米五还略差呢。

但是这么一个不配的"小媳妇"，硬是把个"王老五"指使得团团转。从小到大，十指从不沾阳春水的"王老五"，竟然整日乐颠颠地下厨给小媳妇烧饭。

"王老五"母亲、父亲，在北京城给他各买一套房子，一千万一套的房子，全部是交付的现金啊。但是邪门就邪门在，这房子的房主，可不是"王老五"一个人的名字，还有那个"样子拿不出手"的小媳妇的名字！

任何资本都没有，转身赚个帅老公，还拥有两套上千万的房，试问，世上有几个女人能做到！

问问这小媳妇到底有啥子神通？就是会嗲，哪个男孩子吃得消个小女人整天嗲来嗲去的。

嗨，这小女儿"傲"掉了个有钱的老公，这小媳妇嗲来了个有钱的帅老公。大家说说，做女人，像哪个更好呢？

眉下有爱情，低首是世界！为了自己爱的，我看，女人，还是不要外强中干，最好，来个内强如石，外柔似水！

对了，什么都没有的小媳妇，有着极高的智商和情商，是吧？

## 七夕的情话

住在一个屋子里,坐在一张桌子旁,吃在一个锅子里,一起度过寻常的岁月。然后,当有天回首,会发现,每一天,无味却有味;说的每一句话,似无情却有情。

昨晚,王素素和唐子明吃饭时,唐子明突然说,明天是七夕节?

王素素眼不离电视节目地"唔"了一声。

他们两个从来不是浪漫的人,什么时候还把七夕当节日了!虽然二〇〇六年五月二十日,"七夕节"都被列入第一批国家级非物质文化遗产名录。可是这三字,依然没入这二宝的心。

生于20世纪70年代末的这两口子,自大学恋爱以来,倒也没经过多少波澜曲折便走入了婚姻,一切有些"顺其自然"。就是恋爱期间,也没见他们谈什么。好像没有关于浪漫的记忆。

唐子明学的还是艺术专业,可是生活中的他一点也不艺术,为人偏就呆板不转弯儿。总是端着的样子,见到女生就羞涩得眼都不敢抬。还谈什么激情或柔情,一概没有。

关于唐子明，让王素素想起来有点激动的就一封信一句话。

唐子明追王素素前，苦心孤诣写了一封信。花了一周时间，写写改改，然后第一次约王素素的时候，给了她。差点把她笑得背过气去，这年头，谁还写信！就是这么一封"情书"，后来还被王素素不知丢哪儿了。信的内容，她现在一个字也想不起来，说明根本没有戳心的话。

然后，两个人除了去看电影，一起到学校食堂吃饭，别的没什么好说的。情话为何物，王素素是从没在唐子明嘴里听到过。他直接说的就是：我想到要和你结婚，所以我们谈恋爱吧。

结婚也不好玩。两个人都是天生语言中枢不活跃的人，在一起过日子，说话不多，活动更没有，节日什么的，他们全没概念。每天过得就跟白开水一样。

每天的日常是这样的画风：两人各去各的班，回家；再上班，再回家。在家煮饭倒是灶台上一个洗，一个烧。就这点默契。

当然，他俩倒是也没吵过架。没有激动的事，也就没有可以争吵的激情。样样中规中矩，又都没脾气，也就引不起冲突。

奇怪的是，沉默了十几年后，现在两个人到中年倒开了窍似的，话比以前多了些，语气上也俏皮了些。

就是这种变化，两人也似乎同进化，所以仍然没有惊讶的表现。

这就是当唐子明提到明天是七夕这样向浪漫上靠的话时，王素素依然漫不经心的原因。

"这样，明天我帮你买一瓶酒。"王素素从电视节目中游离出来，笑着说："然后再像现在这样，陪你喝。"

这样说话，与王素素过去的风格比，已经完成了从量的积累到质的飞跃。

"嗯，嗯。"唐子明一边喝着酒，一边好像对王素素的话认同还加赞赏似的。

王素素看看瓶子，一斤的酒，已被他喝得剩下不到二两了。

　　唐子明为什么爱喝酒呢？他也就这点爱好了，因此，王素素从来没有去责备他，也没有表现出关心他健康的劝阻。

　　一切靠自觉，这是他俩的共识。

　　早晨，唐子明去上班，王素素还在家中。这时，接到唐子明的电话。"那个，今天好像是七夕节，朋友圈里都发的这些。"

　　"昨晚不是说到了吗？果然酒多了，又忘了。"王素素暗想。于是再次说道："嗯，晚上一起吃饭，我去买瓶酒！"

　　"嗯！"唐子明挂了电话。

## 纵然时光渐老，愿你仍能怦然心动

　　谁也挡不住时光的脚步，当岁月带走我们的年华，愿我们的心始终保持年轻，活泼与纯净。

　　纵然时光渐老，愿你仍喜欢一路走，一路睁大眼睛，新奇地打量这个世界。自然博大，藏着无限美好，一花一叶，都有深深的寓意，愿你能看到它们幽微的美丽。

　　纵然时光渐老，愿你仍在遇见每一个人时，都满怀真诚地打招呼，把你最温润明媚的微笑，送给有缘相遇的人。发现他们的光芒，欣赏并赞美他们。

　　纵然时光渐老，愿你仍能甜蜜地回忆少小时美好的情愫，在心里依然珍惜那样的青涩与心悸。如果能够再见，还是一样地相信那时的纯美，感恩一切变得更好。你曾喜欢和曾喜欢你的人，你祝愿他们生活幸福。

　　纵然时光渐老，愿你仍能感激这世间所有的相逢。惊艳着春花的灿烂，欢喜着夏雨的清凉，安静着秋月的辉柔，歌吟着冬雪的纯洁，祝福着有缘相遇的每一个善良的人。

纵然时光渐老，愿你仍能心中长生欢喜，脸上常带笑容，眼里光波流溢。风霜未曾浸过你，命运未曾薄待你，世人未曾冷漠你。因此，你相信着一切，欣赏着一切，期待着一切。

任流年似水潺潺去，你依然对生活倾心，对梦想向往，对情义动容。对这世界的一人一物，依然会怦然心动。

## 婚姻的小船，不会说翻就翻

人生半老时，郑忠又调新单位，周安然的想法就又有些复杂了。

两人结婚以来，这感情便波谲云诡，嗯，没想到小世界里会有这么多的惊涛骇浪。

以为，热恋着建起一个家，从此像王子和公主，住在了幸福的城堡里。可是哪知道，比一个人时，那风雨多了不知多少倍去。

淡不得，浓不得。热不得，冷不得。绑不得，松不得。为了恰好卡在那个最佳点上，两个人像波涛里的一叶小船，颠簸着，求一个稳定安全地向前。

生活不是不食人间烟火的天堂，为了生存，与这世上各样人各样事的接触，构成了他们俩小港湾的烟波浩渺。

周安然就像那系舟的缆绳，固定船只的锚，和掌握方向的帆。因此，从她这方面来说，风险似乎少些，变故少些。她要的是平稳、是安定、是停泊在港湾内。而郑忠是那一心要驶向远方的船，更多的风险都由他带来。

年轻时，郑忠就想到外面的城市，能够赚取更多金钱的更大的城市去找工作，可是安然不同意，生怕那花花世界，让他再不恋这个家。

后来发现，即使在身边，一样遍地鲜花开遍，生活中的诱惑，无处不在。

一个要在天上飞，一个希望在地上双栖同行，于是，这矛盾便布满了寻常的生活。

当然，也不是每个出去的人，都葬身花海，迷失在纸醉金迷里，可是每个人不一样。每个"周安然"感受也不一样。在郑忠老婆周安然的眼里，只有两个人在一起，才是最安全的。

即使两个人在同一个城里，周安然也觉得她常常没法牵到郑忠的手。出差、应酬、朋友……有多少人，都在与她争夺着和郑忠共度的时光。

她越要拽，郑忠越想挣脱她。

执子之手，与子偕老。大概已经过时。两个人在一个屋檐下，共守岁月静好，只是她周安然的一厢情愿。郑忠的思想，是紧随着这个当下的潮流向前的，他不担心小家的安稳于否，也没有必要担忧。他体会不到家的好。又天涯何处无芳草。

于是，两个曾经唯美地恋爱过的人，越来越把感情撕扯得渐行渐远。怨恨多于亲情，嫌弃多于依恋。

并非周安然错了，对郑忠控制得紧了，而是两个人的价值观背道而驰了。

每一个男孩子都曾经那么单纯可爱，而每一个在社会这个大染缸里滚过的男人，再无几个还留有那份干净与清爽。

更多地油腻可恶了去。

每一个女孩都曾青涩，对这个世界抱有美好的幻想，如梦一般的期许。而在港湾这块小天地的泥浪浊水的浸泡下，还能够自信充满希望的已经所剩无几，多的是狼狈不堪的怨妇。

如果郑忠走远了，周安然未必就不会过得好。但她最大的软肋是孩子。孩子唯有在父母的小心护翼下，才能够幸福成长。

郑忠想要更精彩的世界没错，周安然想要守住这一小小的港湾也没错。只他们两个很难把握那个最恰当的度，以达到一个最好的状态。

时光会教化人。某天，他们两个都似乎静静地息在了这里。因为郑忠发现，他所追求的浮华只不过是一些幻影，喧嚣中耗光了他的热情后，只落个两手空空，而那个可以给自己安心的港湾，也已经满目疮痍。

可是纵然如此，他终究不用漂泊。

周安然也不愿再阻拦他追逐欲望的飞翔，因为忽然明白了，耗光自己的力气，还不如省点精神，欣赏大海的壮美，在海边捡些贝壳装饰自己的港湾。

然而郑忠还有一些余热，这不，就当两个人似乎回归之时，他又跳到了一个新的部门，给自己一个更大的天地。

在新的世界里，他又将有新的诱惑。而渐归内心安宁的周安然，又升起了一丝不安。终究不到最后，每个人都不会处变不惊。

这个港湾终究已经让他厌倦了吧，那新鲜的一切，又将让他离开港湾吧。周安然淡淡地忧虑着。

然而郑忠却迥然于以往的行止。他还是会出差，但应酬少了，与朋友的聚会更少了。多数时候，他回到了湾内。

周安然不问他原因。倒是他有天说道。人，在这个世上，欲望是要有的，那样才会有发展。但不能忘了对家人的尊重，那样船才不会翻，家不会散，爱不会丢。年轻时不懂，暮年才明白这个理。

周安然安心地露出一个极浅的笑容。

## 爱着爱着，花就开了

### 1

一代一代的人，尤其是女人，都有点爱幻想，心底会追逐爱情，梦想拥着浪漫与温馨。

可是爱情有没有？

曾经有一种观念认为：每个女人都有公主病！这是不是对追爱女人的一种嘲讽呢？

凡追问爱情有没有的人，很显然，现实与心中所想有落差，属于郁郁不得志，甚或为爱而伤过的。

### 2

爱情有没有？

记得那年四月与一朋友去看梨花。骑自行车去的，很远的路，来回花了一天时间。

在返回的路上，拿这个问她。她笑着肯定地说："爱情是有的！"

这是位漂亮开朗的朋友。

她说有，是因为她感受到了爱情，或者说，一直享受着爱情。

她和她老公高中就谈的恋爱。因老公在很远的地方办公司，夫妇俩长年两地相望，从未有过大的不和，未曾有过怀疑。现在同学一起见面了，还会说起他俩那时的恋爱故事，因此，更增浪漫和动人。

没有过裂痕的爱情，没有在一起的争吵，他们的爱情留住了。

在一起的人，磕磕碰碰，怀疑、争吵，脾气越来越坏，心中对对方的敌意越来越重。爱情，有没有？打问号。

## 3

爱情有没有？

如果现状不太理想的时候，得先问问自己，你心中认为爱情是什么样子的？应该为对方做些什么？那你又做到了吗？

所以爱情有没有，有时答案就在你心底。你心里认为有，它就有，你心里若没有，它就肯定没有。

天上不会掉下馅饼来。不会坐在家中，爱情向你走来。真的睡美人等王子来一吻而醒吗？那是童话。

## 4

《更好的人生》中有一句话："幸福的真正钥匙是欢笑，是一同放声大笑。"

当然，爱情的目的，是为了幸福。追求爱情的人，得到了便觉得幸福，不得，则觉得不幸福。

你喜欢浪漫、温馨，你营造了吗？你希望他呵护你，你关心他了吗？你希望他赞美你，你欣赏他了吗？你喜欢他捧你在手心，你当他是宝了吗？

《更好的人生》中还有一句话："如果在生活中，你很重视某样东西，那就不要把它弄丢。"

你这么想要有爱情，那你就拼了命去守护它。不要因为懒惰、等候、怀疑、抱怨、指责而弄丢了它。

## 5

当然了，在婚姻生活中，爱情始终是件超昂贵的奢侈品。你最好在朝着它而去的时候，心情放平淡些，理想放低些，那样，你不至于太受伤。

毕竟，爱情是两个人的事，一个人期望了，还得另一个人也努力。

尤其是爱情中的心心相印、惺惺相惜，他是永远的王子，你是永远的公主，那真是比较难。

因为毕竟，你和他只是一介普通的男人和女人。

但你努力做到了，你就已经走在向爱情出发的路上。即使最终目标让你失望，你也已经相遇了一路的风景，不是吗？

## 6

　　爱情在你心中，你用喜悦、用微笑、用付出来浇培它，它就会在你心田上生长，用一片丰饶和娇媚来陪伴你。

　　回首，你会幸福地绽放美丽的笑容，因为你看见的是：爱着爱着，花儿开了。